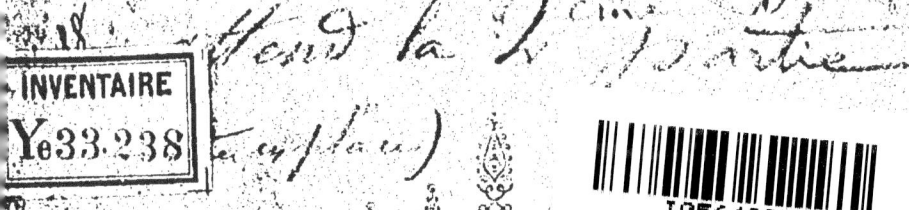

I0564923

CHARLES-LE-TÉMÉRAIRE

ou

LE DERNIER DES CHEVALIERS

POËME ÉPIQUE
en deux parties et en huit chants,

Précédé d'une
ODE ET D'UNE DISCUSSION SUR LA POÉSIE.

Par Charles SIEURAC.

❋

PRIX : 3 FRANCS.

❋

PARIS,
LIBRAIRIE DE J. MASSON, ÉDITEUR,
26, rue de l'Ancienne-Comédie.

1848

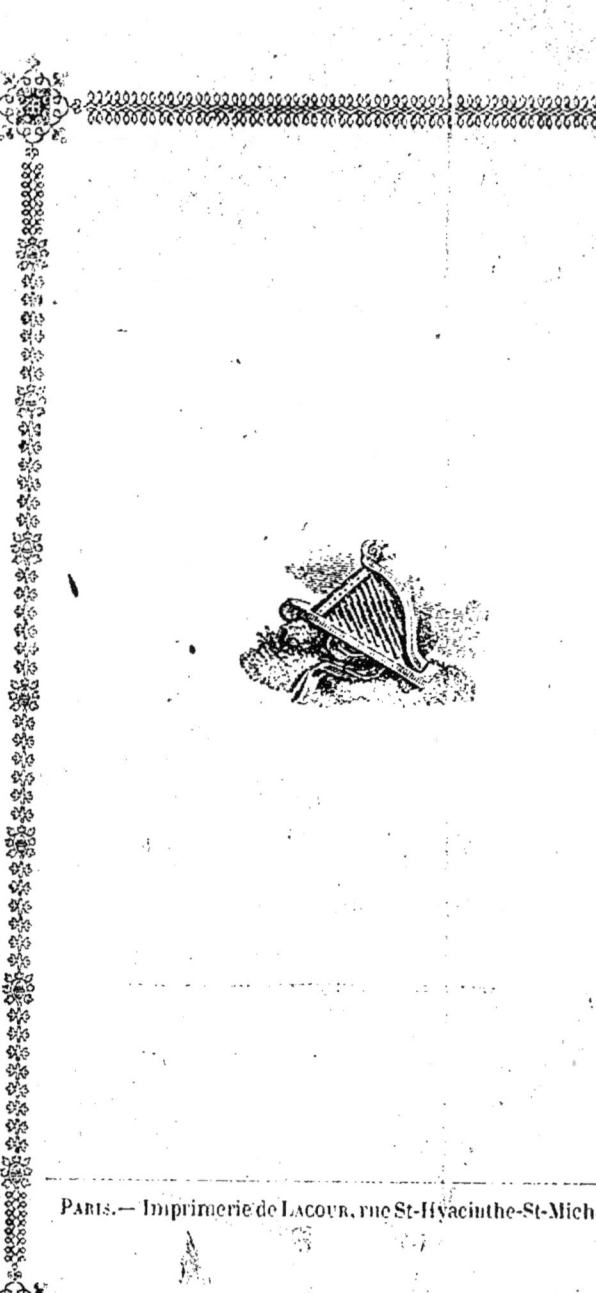

Paris.— Imprimerie de Lacour, rue St-Hyacinthe-St-Michel, 33.

CHARLES-LE-TÉMÉRAIRE

OU LE

DERNIER DES CHEVALIERS.

PARIS. — Imprimerie de Aug. LACOUR
rue S. Hyacinthe S.-Michel, 33.

CHARLES-LE-TÉMÉRAIRE

ou

LE DERNIER DES CHEVALIERS

POÈME ÉPIQUE
en deux parties et en huit chants,

Précédé d'une

ODE ET D'UNE DISCUSSION SUR LA POESIE.

Par Charles SIEURAC.

Première partie : — VICTOIRES.
Deuxième partie : — DÉFAITES.

PARIS,

LIBRAIRIE DE J. MASSON, ÉDITEUR,

26, rue de l'Ancienne-Comédie.

—

1848

1847

Toute contrefaçon de cet ouvrage sera poursuivie conformément aux lois.

Tous les exemplaires sont revêtus de la griffe de l'Auteur.

DISCUSSION

SUR LA POÉSIE.

Un homme de beaucoup d'esprit a dit qu'il faut avoir fait dans sa jeunesse plusieurs milliers de vers, les uns plus mauvais que les autres, pour en faire de bons dans l'âge viril. Il voulait dire par là, et je suis de son avis, que, pour bien manier une langue, il faut s'y être exercé long-temps et avoir commencé de bonne heure. Mais n'aurait-il pas dû ajouter que si, d'après l'adage vulgaire, *à force de forger on devien*

1

forgeron ; à force de rimer on ne devient très souvent qu'un fort mauvais rimeur ? De ce qu'on a réussi à mettre au bout d'une ligne de douze syllabes *bonheur*, et au bout de la suivante *honneur*, on n'a pas encore le droit de s'écrier, comme André Chénier, en se frappant le front : « J'ai quelque chose là ! » Non certes : la faculté de la poésie est un don du ciel ; il semble même qu'elle corresponde à une mission providentielle. Autrefois, le vers était employé pour rendre plus saisissantes les grandes vérités qu'il importait à tous de connaître, et de ne jamais perdre de vue. Ainsi les oracles étaient en vers, et les lois des XII tables sont appelées *carmina*, des chants. Homère, Hésiode, tous les rapsodes et tous les bardes, ont prouvé qu'ils avaient le sentiment de cette haute dignité de la poésie. Voilà pourquoi il est vrai de dire *qu'on naît poète* J'ajouterai néanmoins qu'on le devient par suite des circonstances, et non de dessein prémédité. — Qu'il me soit permis de citer ma propre expérience, pour expliquer le complément que j'ai cru devoir ajouter à la phrase consacrée : *nascuntur poetæ*.

Qui ne connaît le magnifique rideau blanc
que la nature a tendu entre Pau, la ville royale,
et Perpignan, la place forte? On l'appelle la
chaîne des Pyrénées. Combien de fois, à cet
âge heureux où l'on est plein de sève et de fé-
condité, n'ai-je pas gravi ces belles montagnes,
pour jeter au vent, dans des vers plus ou moins
hardis, le trop plein de mon cœur, la sura-
bondance de mes pensées! Parfois, assis sur un
rocher, au bord d'un torrent dont les mugisse-
ments sourds me rapppelaient ceux de l'Océan
que j'avais entendus près de Bayonne, je me
livrais à toutes les créations d'une libre rêve-
rie. A la vue des glaciers éternels qui brillaient
dans le lointain, et reflétaient si bien tout l'éclat
du soleil, qu'ils semblaient eux-mêmes inon-
der de lumière les régions éthérées, à l'aspect
de ces montagnes dont l'azur se fondait avec
celui du ciel, et qui formaient autour de moi un
cirque immense, je m'adressais à cette impo-
sante nature, et je disais. « Témoins impas-
sibles de tant de générations, éléments furieux,
qui grondez à mes pieds, comme si vous alliez
tout détruire, mais qu'une main toute-puis-

sante force à concourir à l'harmonie du monde, inspirez-moi des pensées solennelles et des accents qui touchent les cœurs! » Souvent il m'a semblé qu'après ces invocations, j'étais transfiguré, comme le Christ sur le mont Thabor, et que j'étais devenu poète. Un jour, mes vers mélancoliques attirèrent l'attention de quelques promeneurs inconnus. Ils parurent éprouver une subite sympathie pour le rêveur de la montagne. Le lendemain, je trouvai ces deux vers gravés sur le flanc du rocher qui m'avait, en quelque façon, servi de piédestal :

« Le souffle d'un poète est passé par ici.
« Merci de tes doux chants, jeune barde, merci ! »

L'avouerai-je ? un suffrage aussi spontané m'enivra. Je crus un instant qu'il m'éclairait sur ma vocation. Mais un encouragement isolé n'était pas une consécration solennelle. Aussi ne fit-il que m'inspirer le désir de soumettre un jour à l'appréciation des plus compétents une de mes improvisations. J'attendis dans le calme et la méditation que mon heure fût sonnée. Longtemps j'arrêtai mes regards sur ces grands hommes qui font l'orgueil d'une nation autant que cent victoires.

J'appris un jour par la presse que plusieurs députés avaient résolu d'élever à la présidence de la chambre, c'est-à-dire, à la première dignité de l'État, un de ces grands penseurs qui savent si bien dire.

Plein d'admiration pour le triple talent de M. de Lamartine, j'improvisai et lui adressai une quinzaine de strophes. Le surlendemain je fus honoré d'une réponse que je conserve aussi précieusement que les fils des croisés conservaient leurs vieux parchemins; mais je ne la transcrirai pas ici, de peur que l'inexorable critique ne me reproche d'avoir voulu racheter mon insuffisance par le prestige et l'autorité d'un grand nom.

Ce nouvel encouragement tombé de si haut dut faire sur mon esprit une vive impression. J'étais fasciné; et, malgré moi, je me tournais vers la poésie, comme l'aiguille aimantée se tourne vers le pôle. Je résistai néanmoins; et, pour faire diversion, je me livrai avec ardeur aux études universitaires. Ce qui veut dire que je

me saturai de grec et de latin, pour éloigner
toute autre pensée. Ainsi faisaient, dit-on, les
bénédictins, quand les souvenirs du monde
venaient les importuner. Ils commentaient
Aristote; moi aussi je lus Aristote.

Quelques années s'écoulent, et voici venir
le représentant progressiste de la civilisation
égyptienne Ibrahim-Pacha devient bientôt le
héros à la mode. Cette préoccupation générale
me stimule; et l'ode placée à la fin de cette
discussion jaillit de mon cerveau.

Mais que faire de cette pièce lyrique? Fal-
lait-il l'adresser au guerrier illustre qui, semblable à Thémistocle, manie beaucoup mieux
un cimeterre qu'une lyre? Je la laissai dans mon
portefeuille; c'était plus simple. Cependant me
trouvant un soir dans une réunion littéraire,
chez la spirituelle héritière du talent de madame
de Genlis, je fus invité à payer mon écot, en
récitant quelques vers.

Tout versificateur possède, dans une certaine mesure, la faculté qu'avait à un si haut
degré Casimir Delavigne de conserver l'em-
preinte de ses compositions. Je recueillis donc

mes souvenirs ; et ma récitation, toute simple qu'elle était, obtint les applaudissements les plus inattendus.

Faiblesse inhérente à l'homme qui n'a pas reçu en naissant les éléments d'une destinée positive, et qui s'est trouvé en proie aux incertitudes et au malheur des tentatives infructueuses, j'ai fini par prendre au sérieux ces divers encouragements; et, aujourd'hui comme si le monde entier m'avait délivré un diplôme de poète, je me présente à la rampe de la France. J'aborde le poème épique, ce genre dont on a, pour ainsi dire, prononcé l'oraison funèbre.

Mais ne perdons pas courage. Les clameurs ne prouvent rien. Je ne connais pas de symbole littéraire, de genre, si l'on veut, qui n'ait été battu en brèche. L'un dit : « la poésie est morte. » Un autre s'écrie que la *prose* n'est pas de la littérature ; que c'est une chose *vile*. Puis, entre ces deux opinions, arrive le *distinguo* de la scholastique. « La poésie calquée sur celle des Grecs et des Latins peut être morte; mais le moyen-âge a des sources

inépuisables où le poète peut se retrem-
per. »

Certes, nous n'admettons pas que cette admiration pour le moyen-âge puisse être jamais
un principe; mais nous croyons qu'effective-
ment cette période, époque de transformation,
à la fois tombe, et berceau de deux âges diffé-
rents, offre à la poésie les couleurs les plus
riches et les plus variées. Donc, dans le passé,
nous nous rattachons au moyen-âge.

Il me reste à discuter une autre question qui
est relative au présent. Le poème épique est-
il mort, a-t-il fait son temps, comme l'ont dé-
claré, chacun à sa manière, le prince de nos
lyriques et le roi de notre théâtre? Quoique,
dans les questions d'art, le point de vue per-
sonnel ait toujours sa valeur, un contradicteur
redoutable, comme ceux que j'ai voulu nom-
mer, effraie sans doute un peu. C'est le géant
du cap des Tempêtes s'offrant à Vasco de Gama.
Abordons cependant la question.

La poésie épique est-elle ou non de notre
temps? Posons la même question autrement :
les grandes choses qui, à de rares intervalles,

s'accomplissent dans l'humanité doivent-elles
être chantées? et, si elles doivent l'être, n'est-
ce pas dans un poème épique? Car on chan-
gerait la dénomination, que la chose serait la
même? Je crois que, dans ces termes, l'hési-
tation est impossible. — Que si cependant on
s'obstinait à réserver à l'histoire le droit de
parler de tous les héros, de tous les monarques,
de tous les grands faits, l'art deviendrait sté-
rile, puisqu'il n'apprendrait absolument rien.
La poésie est plus dans les masses que dans un
seul individu. Or, voyez comment procèdent
tous les peuples, ceux de l'Orient comme ceux
de l'Occident. Quand ils se préoccupent d'un
grand événement historique, ils s'efforcent
d'en rechercher les causes, d'en recueillir les
détails oubliés, d'en deviner les conséquences,
et, dans la réalisation de leurs vœux, ces peuples font de la poésie épique. C'est donc là le
mode le plus naturel; le pratiquer, c'est faire
de l'art comme on doit en faire.

Quel est le romancier, l'historien, qui ait
touché à la vie de Charles-le-Téméraire, par
exemple, sans emprunter à la poésie quelques-

unes de ses couleurs ? Mais pourquoi tant tourner autour du point ? N'auraient-ils pas été plus complets, si, en dépit du préjugé, ils avaient cédé aux exigences de leur sujet ? Oui, c'est en vain qu'on tenterait, avec les ressources de la prose, de dépeindre cette figure gigantesque du dernier des ducs de Bourgogne, qui se détache de toutes les autres, forme à elle seule un plan du tableau, et apparaît comme un Goliath parmi les Philistins.

Voici en quelques mots le fonds de mon sujet. Charles, duc de Bourgogne, le plus vaillant et le plus redouté des dominateurs de cette province, voulut reconstituer l'ancien royaume de Bourgogne, et en reculer les frontières. Ce but de ses efforts *téméraires*, ce trône qu'il crut atteindre plusieurs fois, fut le mirage trompeur, et toujours insaisissable, qui épuisa ses espérances et ses forces.

Le tableau de cette existence consumée par l'ambition, et de cet abîme creusé par les mains de celui qui doit y périr ; cet abus de qualités réelles qu'emportent des défauts plus nombreux et plus puissants, tout cela n'est-

il pas instructif et moral? Et quand on fait un
poème épique, ne faut-il pas avant tout lui
donner ces caractères qui plaisent aux masses?

La vie de Charles-le-Téméraire ne sera pas
sans fruit présentée à notre siècle. L'exemple
de ce nouveau César, comme il s'appelait lui-
même, pourrait retenir les émules de Napoléon,
et dissiper l'engouement qu'on ressent trop
vite pour les conquérants égoïstes.

Ce n'est plus le moment de tonner contre le
fanatisme avec l'auteur de la Henriade. Aujourd'hui le poète, nouveau Tyrtée des bataill-
lons d'un grand pontife, doit montrer que le
fer des guerriers se brise comme le verre,
lorsque le seigneur n'a pas lui-même armé
leurs bras. Dans un poème épique, comme
dans le sublime discours de Bossuet sur l'histoire universelle, on doit retrouver partout
l'action continuelle de la Providence. Peu im-
porte que le héros soit admiré comme Charle-
magne, béni comme Louis IX, aimé comme
Henri IV, l'essentiel c'est que sa vie renferme
un drame instructif pour les peuples et pour les
rois. Si l'on m'objectait que mon sujet n'est

pas national, je répondrais qu'une grande leçon
donnée aux princes ambitieux dans la personne
du fils aîné des rois de France, de l'enfant
prodigue de la couronne, est un sujet émi-
nemment national, s'il en fût jamais.

D'ailleurs, n'est-ce pas en France qu'ont eu
lieu ces tournois, ces institutions d'ordre, ces
fêtes vraiment féeriques dont la célébration attirait les plus illustres étrangers, et dont Charles-
le-Téméraire était l'âme et le héros? Cette
épopée en étalera de nouveau le brillant spectacle; tout en faisant l'histoire d'un prince dont
la destinée se rattache à celle de plus grands
empires, elle retracera les coutumes de ce
moyen-âge qui est aujourd'hui l'objet de tant
d'investigations. En un mot, elle sera comme
un monument historique orné de guirlandes
de fleurs.

La première loi du poète n'est-elle pas de
sacrifier à l'esprit de son siècle? Aussi ai-je
tenté de concilier dans mon œuvre la facture
de l'ancienne école et les heureuses hardiesses
de la nouvelle. J'ai pensé encore que l'épopée
devait, comme l'oiseau de la fable, renaître

brillante de jeunesse, surtout dans le plan. J'ai
donc profité de la nature même de mon sujet
pour hasarder une division nouvelle; pour divi-
ser mon poème en deux parties bien distinctes,
bien nettement dessinées, et pour subdiviser
chacune d'elles en quatre chants tellement dé-
tachés les uns des autres, qu'on pourra lire chacun d'eux, comme une pièce à part. Charles-le-
Téméraire ayant été victorieux pendant la première partie de sa carrière, et vaincu pendant
la seconde, il m'a semblé que cette particularité
fatale m'autorisait à ne faire paraître aujour-
d'hui que la première série de mes tableaux,
je veux dire, ses victoires. Si le public, ce juge
suprême qui applaudit avec son admirable
instinct aux innovations que justifient la logique
et le bon sens, accueillait cet essai de mes
forces, et le consacrait par son suffrage, la
série suivante, celle des défaites, complèterait
bientôt la galerie. Cette nouvelle partie serait
naturellement plus dramatique, plus acci-
dentée que la première : le poète s'inspire à la
sublimité des leçons que donnent les grandes
catastrophes.

L'épopée ainsi conçue, c'est-à-dire, animée, essentiellement historique, revêtue des ornements de la poésie moderne, mais non surchargée de l'attirail homérique ou virgilien, n'est pas plus morte que ne l'était la tragédie, lorsque Ponsard nous donna sa Lucrèce ; ni qu'elle ne le sera, lorsqu'on aura enfin le bon goût de faire paraître des héros français sur la scène française.

On m'objectera peut-être que le temps du merveilleux est passé. On ne veut aujourd'hui, dira-t-on, que le positif, le réel, le palpable.

Mais ne voit-on pas qu'introduire le merveilleux dans une épopée sur un sujet tiré du moyen-âge, c'est tout simplement faire l'histoire de cette époque ? Pourrait-on faire l'histoire de Rome sans parler de Jupiter Tonnant auquel on ne croit pas ? Nous nous plaisons à reconstruire en esprit les temples où l'on dressait des idoles, pourquoi n'aimerions-nous pas à voir reparaître une époque mémorable avec ses fêtes, ses croyances, ses merveilles réelles ou imaginaires ? Ces croyances aux puissances mystérieuses ont été la cause déterminante des plus grandes actions. Voyez l'exemple de Jeanne d'Arc.

Ne nous hâtons pas de bannir du domaine de la littérature les tableaux et les idées qui ne cadrent pas avec nos mœurs actuelles. Forcés de détourner parfois nos regards du présent, reportons-les du moins sur le passé. Sachons vivre avec les morts, quand nous avons à nous plaindre des vivants.

L'histoire même en prose de Charles-le-Téméraire, dépouillée de tout merveilleux, serait un dessin sans ombre, un tableau sans couleur. A plus forte raison le poète, véritable peintre, a-t-il le droit d'employer cette couleur magique :

Pictoribus atque poetis
Quidlibet audendi semper fuit æqua potestas.

(HORACE, *Art poétique*).

Et d'ailleurs, quelle répugnance éprouverait-on pour le merveilleux ? Qui pourrait être en contradiction avec le grand écrivain qui a dit :

« L'homme porte en lui le besoin vague et mystérieux des choses surnaturelles. Créé pour d'immortelles demeures, inquiet de cette vie.

et comme déplacé dans ce monde, il se montre avide de tout ce qui l'arrache à sa triste réalité. Anticipant les prodiges d'une autre existence, il soupire constamment après quelques merveilles sur ce globe, où la première est lui-même, où la plus étonnante est sa pensée. »

J'ajoute que, sans le merveilleux, le champ de la pensée est trop limité. On voit tout de suite où l'on va : par conséquent, plus d'illusions, plus de rêves, plus de ces pressentiments et de ces imaginations qui avaient fait donner au poète le nom de prophète et celui de créateur : *Vates*, ποιητής. On se trouve face à face avec une désolante réalité ; avec les revers, les injustices, les amertumes qui assiégent l'humanité tout entière. On arrive presque à la fatalité. Si l'on ne peut triompher des obstacles qui s'opposent à l'accomplissement de nos vœux, on s'oublie jusqu'à concevoir un désir coupable de déposer le fardeau de la vie. De là cette soif de l'or qui ouvre tant de portes; de là cette fureur du suicide, lorqu'on échoue dans ses projets et dans ses espérances.

Opiniâtres comme Caton d'Utique, combien

d'hommes cherchent à faire du stoïcisme en plein christianisme !

Le moment ne saurait donc être mieux choisi pour opérer une réaction, pour tenter d'élever l'homme au-dessus d'une réalité délétère. Vous me seconderez dans ma tentative, ô vous tous qui savez que ce n'est ni le fer, ni le compas, qui inspirent les pensées généreuses, mais bien la lyre du poète qui les a puisées lui-même à leur source divine.

Puissent mes courtes réflexions avoir produit une impression favorable au succès de mon livre, et avoir dissipé ces préjugés vulgaires qui laissent croupir la plus grande partie de la société dans l'atmosphère la plus épaisse. Je le répète, Charles-le-Téméraire, pour paraître dans toute sa splendeur, avait besoin de tout l'appareil d'un poème épique. Ainsi, effacez entièrement de l'histoire cette brillante figure, ou permettez-moi de la peindre avec les couleurs qu'elle exige impérieusement; proscrivez l'héroïsme, ou laissez-moi la trompette héroïque.

ODE

Composée, la veille de la fête du Roi, en l'honneur de

S. A. IBRAHIM-PACHA.

Accours, peuple français, vole au-devant du prince
Qui des rives du Nil sera le souverain.
Que dans Paris jaloux d'éclipser la province,
    Résonnent les canons d'airain.

Tambours, battez aux champs; drapeaux de la patrie,
Saluez de Nézib le généreux vainqueur.
Le Midi, par son ciel et sa noble industrie,
    A charmé déjà son grand cœur :

Le Nord, par ses transports et par son art sublime,
Saura-t-il mériter encor le souvenir,
Les vœux et les bienfaits du prince magnanime
    Qu'un jour l'Orient doit bénir?

Dans ces fêtes des rois où des forêts d'épées
Jaillissant des fourreaux se dressent au soleil,
Où la beauté sourit et se penche aux croisées,
    Qui vit un spectacle pareil?

Le fils du roi qui règne au pied des Pyramides,
Le fils de Méhémet l'amour de l'Orient,
Franchissant et les monts et les plaines liquides,
    Apparaît sous l'or du croissant.

Magnifique Ibrahim, en ce grand jour de fête,
Viendrais-tu contempler un sage couronné,
Qui sait de ses états conjurer la tempête,
    Et braver un plomb forcené?

Oui, je me plais à voir ton âme martiale
Chercher dans nos palais l'exemple des vertus,

Et déclarer bientôt qu'une branche royale
　Aura donné plus d'un Titus.

Quand le czar, empereur d'immortelle mémoire,
Vint jadis méditer, comme toi, dans nos murs,
Il put, dans les leçons que prodigue l'histoire,
　Trouver les guides les plus sûrs.

Un jour, il visita notre antique Sorbonne.
Au moment solennel d'entrer dans le saint lieu,
Il aperçut de loin la funèbre couronne
　Et le tombeau de Richelieu.

A ce touchant aspect, le héros moscovite
Marche à pas de géant vers le marbre glacé,
Et, de douleur ému, soudain se précipite
　Sur ce tombeau qu'il tient pressé.

« O grand homme, dit-il, dans son noble délire,
« Que n'as-tu donc vécu dans le siècle où je vis?
« J'aurais su partager avec toi mon empire,
　· Pour avoir tes sages avis! »

Le prince des climats que l'eau du Nil arrose
N'ira pas évoquer l'ombre illustre d'un mort,
Quand le grand roi sur qui l'Occident se repose,
    Peut apprendre à toucher au port.

Mais sans quitter les champs inondés de lumière
Où plus tard, Ibrahim, tu donneras des lois,
N'aurais-tu pas trouvé sous ta propre bannière
    Un bel exemple pour les rois?

Si tes regards erraient sur les dômes du Caire,
Ne pourraient-ils enfin rencontrer une tour
Où réside un vieillard que le monde révère
    A l'égal de l'astre du jour?

Un vieillard plein d'ardeur, plein de vertus antiques,
Sachant porter le sceptre et manier le fer,
Lancer dans les périls des paroles magiques,
    Et qui désarmeraient l'enfer?

Ce vieillard, Ibrahim, c'est ton auguste père.
Qui mieux que son génie aurait pu t'animer?

Aussi ne parais-tu dans un autre hémisphère
    Que pour t'y faire encore aimer!.....

A tes nobles desseins vois sourire la France :
Elle t'offre ses fleurs, ses parfums, ses concerts;
Les arts ivres d'orgueil rayonnent d'espérance,
    Et pour toi m'inspirent des vers.

CHARLES-LE-TÉMÉRAIRE

OU

LE DERNIER DES CHEVALIERS.

PREMIÈRE PARTIE. — VICTOIRES.

CHANT PREMIER.

ARGUMENT.

Exposition et invocation. — Liége se révolte. — Louis XI envoie
Saint-Pol vers Charles-le-Téméraire pour intercéder en faveur
des Liégeois. — Description de la bataille que leur livre ce
prince. — Son entrée triomphale dans leur ville. — Il épouse
Marguerite d'Angleterre. — Fêtes merveilleuses qui furent
données à l'occasion de son mariage.

Je vais chanter ta vie, ô prince téméraire
Qui rendis l'Occident ton humble tributaire,
Contraignis l'empereur de venir en vassal
Soumettre sa couronne à ton anneau ducal ;
Qui, fier de tes trésors, ébloui de toi-même,
Voulus enfin des rois ceindre le diadème.

Hélas! Dieu t'arrêta dans ton brillant essor :
Tu trouvas une tombe, au lieu d'un sceptre d'or.

Du ciel votre séjour, esprit, âme du monde,
Vous qui donnez au cœur une chaleur féconde,
Venez, inspirez-moi ; montrez-moi la hauteur
Où dans un tel sujet doit atteindre un auteur.
Oui, qu'un souffle divin consacre mon délire,
Que j'entende vibrer les cordes de ma lyre ;
Car je veux aujourd'hui chanter sur tous les tons.
Tantôt le luth d'amour va répondre aux clairons,
Et tantôt, déposant leur armure guerrière,
Les soldats vont prier, le front dans la poussière.
Après avoir tressé des guirlandes de fleurs,
Je traînerai des fers encor mouillés de pleurs ;
Et, dans ces grands combats où le tonnerre gronde,
Sous ces pas de géant qui font trembler le monde,
Je montrerai partout, interprète des cieux,
Le doigt de l'Eternel confondant l'orgueilleux.

Bourgogne avait rendu les honneurs funéraires
A Philippe-le-Bon, au plus tendre des pères :
Il avait arrosé de larmes son cercueil,

Et prouvé qu'un héros connaît aussi le deuil.

Cependant ses duchés redoutant la tempête

Que son cœur trop ardent peut souffler sur leur tête,

Contemplent tous, avec un effroi sans égal,

Ce jeune et fier César, ce nouvel Annibal,

Qui, brûlant d'imiter le vainqueur de Numance,

Fit sentir à Dinand le poids de sa vengeance.

Louis surtout, Louis, monarque défiant,

Artisan de complots, le voit en frémissant.

Conflans et Monthléry présents à sa mémoire

Lui rappellent combien le duc aime la gloire ;

Et lutter corps à corps avec un tel jouteur,

Est un dessein hardi qui répugne à son cœur.

Quand un serpent d'Afrique aperçoit sur sa tête

L'aigle, tyran des airs, méditant sa conquête,

Sans aiguiser son dard, ou disposer des nœuds,

Il s'enfuit prudemment dans un trou caverneux :

Ainsi le roi de France au périlleux caprice

D'un rival redoutable oppose l'artifice.

Il détermine Liége, opulente cité,

A respirer enfin l'air de la liberté ;

Et lui donne en secret sa parole royale

Qu'il va la seconder, que la guerre est loyale.

La ville industrieuse à ces accents trompeurs,

Sur un seigneur de Flandre exerça ses fureurs.

L'infortuné subit une longue torture

Dont le tableau ferait tressaillir la nature ;

Et, lorsque sa poitrine, horrible souvenir !

Ne put dans sa douleur exhaler un soupir,

Un bourreau le frappa de sa hache sanglante,

Et présenta sa tête à la foule hurlante.

L'agile Renommée, à cet aspect affreux,

Vole comme l'éclair vers l'escadron poudreux

Qui de ses bras d'acier défend le Téméraire,

Et fait dans les combats éclater son tonnerre.

À ses tristes récits on voit tous ces guerriers,

Brûlant au fond du cœur de cueillir des lauriers,

Elever vers les cieux un œil brillant de rage,

Et par des cris confus enflammer leur courage.

Bourgogne allait aussi rappeler la fureur

Qui d'Achille éploré signalait la douleur,

Quand arrive Saint-Pol, connétable de France,

Chargé de détourner le cours de sa vengeance :

« Seigneur, dit-il, je viens, de la part de Louis,

« Vous rappeler les droits de vos plus chers amis.

« Issu des rois de France, orgueil de leur couronne,

« Vous ne sauriez tenir qu'à l'éclat de leur trône.

« Pourriez-vous sans regret contre leurs alliés,

« Conduire des vassaux qu'un serment à liés ?

« Si votre ardeur tentait de s'emparer de Liége,

« Prenez garde, seigneur, de tomber dans un piége :

« Vous donneriez un coup mortel à vos états,

« Et subiriez enfin le sort des potentats,

« Qui, voulant seuls remplir les pages de l'histoire,

« De la mère-patrie ont perdu la mémoire,

« Et se sont engagés, comptant sur leur valeur,

« Dans le sentier fatal qui conduit au malheur. »

A ces fermes accents, le duc lance un sourire

Que le Dante inspiré pourrait seul bien décrire ;

Et, faisant retentir sa formidable voix,

Il s'écrie : « Arrêtez, c'en est trop cette fois !

« Quoi ! vous venez encore, au nom du roi de France,

« Inviter froidement Bourgogne à la prudence.

« Ah ! je reconnais bien à ce discours trompeur

« Ce roi qui n'eut jamais d'autre loi que la peur.

« Saint-Pol, vous fréquentez une excellente école,

« Pour apprendre à n'avoir ni pudeur, ni parole.

« Répondez de ma part à mon cousin Louis,

« Que, sans vouloir flétrir la noble fleur de lis,

« J'irai faire tomber les vieux remparts de Liége

« Sous les bruyantes clefs des villes que j'assiége.

« Ces clefs sont mes canons. Votre avis insultant
« Ne saurait retarder mon départ d'un instant. »

Il ordonne aussitôt l'apprêt de sa vengeance.
Un héraut, sous les yeux de l'envoyé de France,
La torche d'une main, et de l'autre le fer,
Va prédire aux Liégeois les fléaux de l'enfer.
Le duc rendit pourtant à la ville ennemie,
Réprimant son désir de leur ôter la vie,
Les otages nombreux qu'il en avait reçus.
Les rêves de Contay furent ainsi déçus.
Contay, cruel vieillard qui parait sa rudesse
Des dehors mensongers d'une austère sagesse,
Attestait, sans frémir, à Bourgogne irrité,
Qu'il pouvait, sans manquer aux lois de l'équité,
Immoler sur-le-champ ces malheureux otages.
A peine eut-il parlé que du sein des nuages
Un ange descendit. Son front resplendissant
Ajoutait à l'éclat du glaive menaçant
Dont il était armé. De célestes lumières
S'échappaient en rayons à travers ses paupières.
« Contay, s'écria-t-il, c'est par de tels discours
« Qu'on perd le meilleur prince et qu'on flétrit les cours.
« Ces conseils des forfaits sont la semence impure ;

« Ils font à l'éternel la plus sanglante injure.

« Messager du Très-Haut je viens donc t'annoncer

« Que l'ange de la mort près de toi va passer,

« Et que ton front courbé sous sa verge fatale

« Sera bientôt couvert de l'ombre sépulcrale.

« Ah! malheur à Bourgogne, au plus grand des guerriers,

« Si dans le sang jamais il trempait ses lauriers,

« Si tes conseils, vieillard que mon discours accable,

« Inspiraient à son cœur une haine implacable.

« Adieu : tu vois en moi l'ange exterminateur

« Qui du peuple de Dieu fut jadis le vengeur. »

Il dit, et vers le ciel, de son aile dorée,

Il trace un long sillon dans la plaine azurée.

Alors on voit frémir et murmurer tout bas

Ces braves éprouvés par de sanglants combats.

Et toi, Contay, malgré ta santé florissante,

Comme le chien qui tremble à la voix menaçante

De son maître en courroux, tu prévis ton malheur;

Et, lorsque le printemps fit éclore la fleur

Dans la plaine embaumée, au lever de l'aurore,

Tu tombas sous la faux de la mort qui dévore.

Cependant les Liégeois, à l'appel des combats,

Transportés de fureur s'avancent à grands pas,
Et vont à Bruestein, trop célèbre village,
Écrire avec l'épée une immortelle page.
Trois immenses fossés que leurs corps rempliront,
En protégeant leurs flancs couvrent aussi leur front.
Bourgogne, à leur aspect montant sur sa cavale,
Inspire à ses soldats une ardeur martiale.
Fidèle jusqu'alors à la voix de l'honneur,
Ce prince combattait toujours avec bonheur.
Imitant de César les antiques modèles,
Il a par des marais appuyé ses deux ailes;
Et, pour ne rien laisser aux caprices du sort,
Il remplit de soldats les entrailles d'un fort.
Ils devaient massacrer les bandes fugitives.
Tandis que le soleil des clartés les plus vives
Inondait les deux camps, le prince des combats
Fait donner le signal. On s'avance à grands pas
Dans la plaine brûlante, à la voix des trompettes.
Tout-à-coup les Liégeois quittant leurs arbalètes,
Fondent sur les archers, leur épée à la main,
Et font dans leur fureur plus d'un trait inhumain.
Bourgogne voit déjà reculer sa bannière;
Il voit ses grands vassaux roulant dans la poussière,
Arroser les sillons de leur sang précieux.

Et frapper de leurs cris le pavillon des cieux.
Mais enfin des Liégeois le vaillant capitaine
En tombant décida la victoire incertaine.
Le grand Wilde est blessé : dès ce moment fatal
Le Bourguignon entonne un hymne triomphal.
Ce n'est plus un combat où l'on est dans l'attente :
C'est d'un vainqueur outré la vengeance éclatante.
Ainsi dans la prairie, un taureau furieux
De se voir disputer l'empire glorieux
Des superbes troupeaux de tout le voisinage,
Bondit contre un rival en écumant de rage.
Dès qu'il l'a terrassé de son front menaçant,
Il se heurte partout, féroce et mugissant.
Court baigner dans leur sang les chiens les plus dociles,
Et du pâtre effrayé rend les cris inutiles.
Tels encor dans l'orage au milieu des éclairs,
Tous les vents déchaînés se choquent dans les airs ;
Les chênes sont brisés ; les mers retentissantes
Vont battre de leurs flots les grèves blanchissantes :
Mais, lorsque l'aquilon a vaincu ses rivaux ,
L'Océan jusqu'au ciel fait rejaillir ses eaux :
Les rocs précipités du sommet des montagnes
Roulent avec fracas à travers les campagnes ;
Et l'on ne voit bientôt , dans les champs désolés ,

3

Que des troncs abattus et des murs ébranlés.

De Bourgogne en fureur la victoire éclatante
Sème un trouble fatal dans la ville inconstante
Qui seconda toujours les désirs de Louis.
La tête et les pieds nus des Liégeois interdits
Vont livrer au vainqueur les deux clefs de leurs portes:
D'autres plus acharnés se groupent en cohortes.
Alors si d'Himbercourt, ce noble chevalier
Qui déploya l'ardeur d'un prudent conseiller,
Lorsqu'on délibérait sur le sort des otages,
N'eût encore donné les avis les plus sages,
Se dressant de nouveau Liége sur ses remparts
De la rébellion plantait les étendards.
On vit, ô d'Himbercourt, en ce moment suprême,
Ce que peut un mortel sur un peuple qui l'aime.
A ton auguste nom la ville s'apaisa,
Et d'un nouveau désir tout-à-coup s'embrasa.
Le peuple, qui veut rendre hommage à ta sagesse,
Sur la place à l'envi se transporte et se presse.
Il t'appelle à grands cris par tes noms révérés;
Et, sans tenir encor ses glaives acérés,
Il montre à ton aspect un olivier sauvage,
Comme pour annoncer le terme de sa rage.

O prodige ! aussitôt de la voûte des cieux
Partit comme l'éclair un oiseau merveilleux
Qui sur l'arbre de paix vint chercher un refuge ;
Puis, tel que la colombe à la fin du déluge,
Détachant sans effort un rameau consacré,
Il en para le front du vieillard vénéré.

On entendit alors de célestes cantiques
Résonner doucement sous de lointains portiques ;
Et vibrant dans les airs, la harpe de Sion
Par ses divins accords doubla l'émotion.
Le peuple palpitant sur la voûte azurée
Cherchait des yeux le chef de la pompe sacrée,
Et croyait entrevoir l'immortel séraphin
Aux pieds de l'éternel chantant l'hymne sans fin.

Bourgogne environné de toute sa noblesse
Reçoit enfin les clefs de la ville en détresse ;
Mais, pour mieux satisfaire à l'orgueil de son cœur,
Il veut encore entrer dans ses murs en vainqueur.
Aussitôt il ordonne à son artillerie
D'abattre ce rempart, foyer de félonie,
De combler le fossé de ses débris poudreux,
Et de frayer partout aux flots victorieux.
A sa brillante armée un passage facile.

Il apparaît bientôt sur un coursier docile,

Marchant au petit pas dans un grand appareil;

Son armure étincelle aux rayons du soleil,

Et son manteau ducal couvert de pierreries

Efface les couleurs et l'éclat des prairies.

Promenant des regards où se peint la fierté,

Il fait de longs détours dans la vaste cité.

Une torche à la main, sur deux files rangée,

La foule voit passer l'éclair de son épée.

Chacun, la tête nue, a l'air humble et soumis :

Bourgogne a triomphé de tous ses ennemis.

Nul n'oserait lever les yeux jusqu'au panache

Qui flotte au gré des vents sur le cimier sans tache.

Ainsi dans l'Orient le peuple prosterné

Accueillait le grand roi de splendeur couronné,

Et tremblait croyant voir briller à son passage

Du Dieu de l'univers l'éblouissant visage.

Mais Bourgogne, à l'aspect des murs de Saint-Lambert,

Descend de son cheval, et, le front découvert,

Il s'avance, escorté de sa garde éclatante,

Au pied du tabernacle où, déjà dans l'attente,

Le peuple l'aperçoit rendant grâces à Dieu

De l'avoir en vainqueur conduit dans ce saint lieu.

Ah! puisses-tu longtemps comprendre ainsi la gloire,

Grand prince, et rapporter au Seigneur la victoire.

Toujours environné d'un cortége imposant,
Il se rend, le front haut, mais l'air moins menaçant,
Du pied des saints autels à ce palais antique,
Où résidait Bourbon, évêque magnifique.
Quel tableau ravissant! que ces flots de guerriers
Sortant de Saint-Lambert à l'ombre des lauriers!
Quoique bardés de fer, ces vaillants hommes d'armes
Semblent porter la paix et bannir les alarmes.
Ainsi dans les jardins, au retour du printemps,
Quand le tilleul n'est plus le jouet des autans,
De la ruche gothique on voit sortir en foule
Des abeilles volant vers les fleurs que l'on foule.
Leur aspect nous ravit, malgré leur dard perçant;
Car il semble annoncer qu'un zéphir caressant
Nous bercera bientôt de ses tièdes haleines,
Et que Dieu versera ses trésors sur les plaines.

Le prince parvenu dans la riche maison
Qui reflétait partout l'éclat de son blason,
Va s'asseoir dignement sur un trône splendide.
Bientôt les magistrats de la cité perfide
Entrent, la tête nue, et les fronts inclinés.

Quand le vainqueur les voit devant lui prosternés,
Il leur dit : « Magistrats, maître de cette ville,
« Je pourrais la réduire en un lugubre asile,
« En un repaire affreux des plus vils animaux ;
« Et par là mettre enfin un terme à vos complots.
« Mais dussé-je en ce jour commettre une imprudence,
« Je préfère écouter la voix de la clémence :
« Je ne veux pas encor briser votre avenir,
« Ni rompre le lien qui peut nous réunir.
« Cependant comme il faut que le courant des âges
« De ma gloire, en passant, laisse des témoignages,
« Vous ferez transporter la superbe colonne
« Qui brille dans vos murs comme un roi sur son trône,
« A la ville de Bruge, éclatante cité
« Où le duc de Bourgogne est toujours respecté.
« Sur ce cuivre bronzé, que la main de l'histoire
« Grave en lettres de feu mon insigne victoire. »

Il dit, se lève, sort. et, sur la fin du jour,
Part lui-même pour Bruge avec toute sa cour.
Parmi des grands vassaux briguant un nouveau titre,
Là de la Toison d'or le duc tient son chapitre.
Le premier chevalier par le chapitre élu
Est le roi d'Angleterre en qui tout avait plu,

Et la grâce, et le nom, et le noble courage.

Cependant Edouard offrait un autre gage

Plus précieux encore aux yeux des chevaliers ;

Car, accédant au vœu de sages conseillers,

Bourgogne demandait, après de grands désastres.

La main de Marguerite au rival des Lancastres.

Marguerite d'Yorck, sœur unique du roi,

Aspirait au moment de lui donner sa foi.

Aussi quand le beau nom d'Edouard d'Angleterre

Fut enfin proclamé, du fond du sanctuaire,

Le son des instruments retentit dans les airs,

Et les armes d'acier lancèrent des éclairs.

Château-Guyon. d'Esquerde et Damas l'Intrépide

Furent encore élus par un vote rapide.

Qui ne rappellerait d'autres noms radieux

Dont la gloire en ce jour s'éleva jusqu'aux cieux ?

Mais Nevers, ajourné par un héraut de l'ordre

Pour se justifier sur un grave désordre,

Renvoya son collier sans explication.

Au moment de l'offrande, à l'appel du félon,

Le duc, dans son dépit versant presque des larmes,

Ordonna d'effacer l'écusson de ses armes

Qui parait le fauteuil qu'il avait usurpé.

De soins plus doux bientôt ce prince est occupé.
Des bords de la Tamise arrive Marguerite.
Sur son front de vingt ans sa noblesse est inscrite.
Fière, mais sans orgueil, pleine de majesté,
Dans l'éclair de ses yeux brille la royauté.
Du vieux Salisbury le prélat vénérable
La fiance à Bourgogne en ce jour mémorable.
A peine le soleil au front étincelant
Eut-il cinq fois rougi de ses feux l'Orient,
Que dans Bruges, cité puissante et fortunée,
Se célébrait déjà le pompeux hyménée.
Marguerite à la voix du clairon et du cor
Montait dans sa litière aux mille franges d'or;
Comme rivalisant de grâce et de souplesse,
Autour d'elle brillait la fleur de la noblesse.
Aux accents belliqueux des instruments saxons
Répondait lentement une lyre aux doux sons :
Un essaim de beautés candides et joyeuses
Mêlait à ses accords leurs voix mélodieuses.
Les parfums exhalaient leur enivrante odeur,
Et répandaient dans l'air une molle vapeur.
Comme aux jours solennels les églises, les rues,
De drap d'or et de soie étaient partout tendues.

Après de longs détours la garde se pressant
Franchissait du palais le seuil éblouissant.
Bourgogne rayonnant d'orgueil et d'espérance ,
Autour de l'écusson de ses armes de France
Avait échelonné , comme autant de vassaux,
De ses duchés nombreux les écussons rivaux.
Près de riches lambris , sous d'éclatantes voûtes,
Fut donné le festin que suivirent des joûtes :
Là , le duc à cheval , en robe de brocart,
De l'auguste assemblée attirait le regard.
Au front de son coursier brillaient des pierreries ,
Et mille diamants ornaient les armoiries.
Pendantes aux harnais trente sonnettes d'or ,
Mêlaient leurs sons perlés aux sons mâles du cor.

Voici venir enfin le tenant de la joûte,
Chevalier sans reproche et que chacun redoute.
C'est Antoine en un mot, noble enfant de l'amour,
Qui sait dans les combats triompher au grand jour,
Et même dans les jeux signaler sa vaillance,
Type de fermeté, d'adresse et de prudence.
Il prend le personnage et le nom d'Arbre-d'or.
L'anneau prix du tournois va l'illustrer encor.

Le brillant Ravenstein fait bientôt son entrée,
Et la foule en suspens de joie est pénétrée.
Ainsi qu'en Ibérie, à l'aspect d'un drapeau,
S'élance dans le cirque un sauvage taureau,
Les cornes en arrêt, et la bouche animée.
Pour lutter contre un dogue à la gueule enflammée,
Antoine, au son perçant des trompes et du cor,
S'élance dans l'arène et brigue l'anneau d'or.
Les vaillants chevaliers avec impatience
Sous ses coups vigoureux voyant tomber leur lance,
Vaincus et culbutés, malgré tous leurs exploits,
Renoncent à regret aux honneurs du tournois.
Un léopard portant le drapeau d'Angleterre,
Offrit le soir au duc, au nom de son beau-frère,
La fleur de Marguerite, ornement du vallon ;
Habillée en bergère, et montant un lion,
La naine de Bourgogne, ingénue et bien faite,
Complimente soudain sur sa beauté parfaite,
Sa blonde chevelure, et son œil azuré,
De l'amour d'Albion le gage vénéré.
On voit sortir du sein d'une immense baleine,
Douze grands chevaliers qui joûtent dans l'arène.
Le magique bâton du rusé Lorgueilleux
Que son état de fou rendait si précieux,

Transforme en les touchant ces chevaliers comiques,
En sirènes des mers aux chants mélancoliques.
Le souvenir d'Armide aux esprits étonnés
Se présente en ce jour, et les tient enchaînés.

CHANT DEUXIEME.

ARGUMENT.

Douleur et jalousie de la comtesse Isabelle. — Son entrevue
avec le Duc. — Isabelle, type d'un amour ardent. — Bourgogne, type d'une ambition sans bornes. — Scènes déchi-
rantes que suivent de poétiques rêveries.

Prenez vos coupes d'or, chantez, joyeux convives;
Que du flambeau des nuits les clartés fugitives,
Descendant sur vos fronts, secondent vos transports,
Et d'un luth amoureux provoquent les accords.
Et vous, preux chevaliers, le cœur plein d'espérance,
Les bras entrelacés, livrez-vous à la danse,
Dans le palais orné de guirlandes de fleurs :
Il cachera demain d'assez grandes douleurs.

Après ce jour d'éclat et d'ivresse cruelle,

Rien ne pouvait calmer la constante Isabelle.

Comtesse au doux regard , au cœur brûlant d'amour,

Elle voyait s'enfuir son bonheur sans retour.

Elle avait espéré , seul rêve de sa vie ,

Que ses charmes divers que partout on envie ,

Ses trésors, ses vertus, captiveraient enfin

Un prince qui voulait dompter le genre humain.

Fière de ses attraits et de sa race antique ,

Elle croyait lutter contre la politique,

Ce monstre au regard faux, au frout bas et rampant,

Qui ne hurle jamais, rusé comme un serpent,

Mais qui, s'il peut saisir une innocente proie,

La plonge avec bonheur dans le sang , et l'y noie.

Aussi quand elle voit ses desseins échouer,

Et ses rêves d'amour tout-à-coup s'envoler,

Les yeux mouillés de pleurs, elle sonde en silence

L'affront qu'elle dévore et sa douleur immense.

Tandis que dans les cieux montrait son front changeant,

Et s'avançait en paix la lune au char d'argent ,

Invitant les mortels purs et mélancoliques

A livrer leur esprit aux pensers angéliques,

Isabelle , entr'ouvrant ses élégants volets ,

De ses profonds soupirs attristait le palais.

Elle enviait alors le sort de sa rivale ,

Et , maudissant l'éclat de sa tige fatale ,

Égarée , éperdue , elle exhalait à flots

Des mots entrecoupés de lugubres sanglots :

« Le duc, s'écriait-elle , a choisi Marguerite !

« Depuis tant de printemps à l'aimer trop instruite ,

« Je n'ai pu lui prouver que mon cœur valait bien

« Celui d'une princesse, et méritait le sien !

« Si du moins je savais que c'est l'éclat du trône ,

« Et le désir ardent de ceindre une couronne,

« Qui portèrent son âme à dédaigner les vœux

« Que mon amour formait en des jours plus heureux,

« J'espèrerais un terme à ma douleur amère ,

« Et pourrais pardonner sa brigue à l'Angleterre !...

« Mais pourquoi se bercer de cette illusion ?

« Non , ce prince barbare à la fourbe Albion

« N'aura pas demandé la main d'une princesse ,

« Pour pouvoir seulement faire trembler Lutèce ,

« Ou d'un sceptre ombrager les bords fleuris du Rhin,

« Et les monts argentés qui forment l'Apennin :

« Non , non ; mais il aimait l'altière Marguerite.

« Il l'eût encor choisie au milieu de l'élite

« De ces jeunes beautés qui brillent au soleil ,

« Comme en un champ d'azur brille un bouton vermeil

« Il l'aimait, il l'aimait !... Maintenant il l'adore !

« L'ingrat, je le maudis!... Oh! s'il m'aimait encore!...»

A ces mots, ses beaux yeux par la rage animés
Se voilant tout-à-coup restent longtemps fermés ;
Son teint, qui reflétait la couleur de l'opale,
Et celle de la rose, à l'instant devient pâle,
Comme l'astre invoqué par un esprit rêveur.
De l'heure du trépas, funèbre avant-coureur,
Le froid saisit ses pieds, monte jusqu'à sa tête.
Amour, la voilà donc telle que tu l'as faite !
A l'aspect d'Isabelle, aux portes du tombeau,
La lune de douleur éteignant son flambeau
Voile son front d'ivoire, et toute la nature
Prend le deuil et revêt une sombre parure.

Enfin, voici l'aurore au visage vermeil
Qui va comme une épouse au-devant du soleil.
L'astre éclatant du jour levant sa tête altière
Inonde l'horizon de torrents de lumière,
Rappelle à leurs travaux les mortels endormis,
Et semble des amants dissiper les soucis.
La mourante Isabelle, en son malheur immense,
Éprouve du soleil la divine influence,
Se ranime bientôt, et sent au fond du cœur

Couler avec la vie un rayon de chaleur.

A peine a-t-elle ouvert les yeux à la lumière,

Qu'elle aperçoit le duc, dont la démarche fière

Et le front rayonnant relèvent son esprit,

Et lui donnent cet air que son rang lui prescrit.

Cherchant à composer sa voix et son visage,

A son maître et seigneur elle offre son hommage,

Puis l'invite à s'asseoir pour entendre les chants

Dont un essaim d'oiseaux fait retentir les champs,

Pour sentir s'exhaler du calice des roses,

Etalant à l'envi leurs pétales écloses,

Les célestes parfums qui charment à la fois

La plus simple bergère et le plus grand des rois.

Dès qu'ils furent assis, elle tint ce langage :

« La main de Marguerite est donc le nouveau gage

« Que vous donne Albion de sa fidélité?

« Prince, d'un tel hymen qui ne serait flatté?...

« Vos vœux sont accomplis. Ah! quel bonheur suprême

« Que de couler ses jours près de l'objet qu'on aime! »

A ces mots on voyait une vive rougeur

Imprimer sur son front le sceau de la pudeur :

Et Bourgogne, charmé d'un si beau témoignage,

Lui répond aussitôt : « Je lis sur ce visage

« Tout ce que la vertu ne saurait exprimer.

» Je vois avec plaisir votre teint s'animer

« Au moment de toucher à des cordes sacrées.

« Les lois de la pudeur sont toujours honorées

« Par un preux chevalier, par un vrai conquérant.

« Voyez dans son triomphe Alexandre-le-Grand.

« Mais s'il faut, Isabelle, ouvrir enfin mon âme,

« Je déclare que rien ici-bas ne l'enflamme,

« Si ce n'est le tableau des vertus d'Annibal.

« Croyez-moi, les héros ont un charme fatal.

« La terreur des Romains souvent dans la nuit sombre

« M'apparaît; et, foulant des anneaux d'or sans nombre,

« Il me montre, en silence, un immense rocher

« Où sont gravés ces mots: Bourgogne, il faut marcher.

« Ce rocher, je l'ai vu sur les Alpes neigeuses;

« Et c'est à les franchir que ses mains glorieuses

« Excitent mon courage en cet heureux moment.

« Quelquefois, quand tout dort, un fantôme géant

« Se dresse tout-à-coup. Il tient une couronne,

« Et, d'un air bienveillant, lui-même il me la donne;

« Mais quand, pour la saisir, je veux tendre les bras,

« Il me dit : « Nous verrons ce qu'un jour tu feras….»

« O dites : comme moi, croyez-vous pas entendre

« Que je dois illustrer la Bourgogne et la Flandre?

« Que le Rhin, l'Eridan, couleront sous mes lois,

« Et qu'on lira mon nom parmi les noms des rois?...

« Isabelle, voilà, voilà ce qui m'occupe.

« De nos fêtes de cour ne soyez donc pas dupe.

« J'ai dû pour cet hymen courtiser Albion,

« Guidé non par l'amour, mais par l'ambition. »

Comme les prés fleuris, après un long orage
Qui menaçait les champs d'un immense ravage,
Reprennent leur éclat aux rayons du soleil,
Et font briller partout la pourpre et le vermeil,
Isabelle, aux accents du prince qu'elle admire,
Laisse errer sur sa bouche un céleste sourire;
Son cœur s'épanouit, et sa fleur de beauté
Reflète alors l'éclat de la divinité.

Salut, fille du ciel, immortelle Espérance:
C'est toi qui me soutiens dans mes jours de souffrance.
Si je n'espérais plus, ferais-je un seul effort,
Et pourrais-je tirer de ma lyre un accord?
C'est aussi toi qui vins au secours d'Isabelle,
Et qui sus ranimer la brillante prunelle
De ses yeux que semblaient avoir terni ses pleurs;
Elle croit entrevoir un terme à ses douleurs;

Et cette illusion charmant déjà son âme,
Bientôt tous ses discours vont respirer sa flamme.

« Prince, dit-elle, en vous j'admire les vertus
« Dont vos nobles aïeux furent tous revêtus.
« Si le duc Jean-sans-Peur, si votre illustre père,
« Abaissent quelquefois leurs regards sur la terre,
« En vous voyant fidèle à la voix de l'honneur,
« Ils doivent des élus éprouver le bonheur.
« Cependant, à côté de la vertu guerrière
« Qui veut, le glaive en main, illustrer sa bannière,
« Qui suspend aux lauriers les dépouilles des morts.
« Et foule des tombeaux sans crainte et sans remords,
« N'est-il pas, dites-moi, des vertus plus touchantes ?
« Ah! quel pesant fardeau que des mains triomphantes,
« Si l'on n'allait enfin, après de grands exploits,
« Retrouver une femme et vivre sous ses lois,
« Partager avec elle et l'honneur et la gloire,
« Et parer de son nom le char de la victoire!
« Est-il de vrai bonheur sans ces épanchements
« Où l'on verse à grands flots les plus doux sentiments,
« Où l'on sait dévoiler ses faiblesses passées,
« Et par de vains projets récréer ses pensées?
« Le bonheur le plus grand, ah! croyez-en mon cœur,

« S'il n'est point partagé, n'est jamais le bonheur.

« La tige de la fleur est bientôt languissante ,

« Si la main ne lui verse, une eau rafraîchissante.

« Telle est notre âme, prince ; après les feux du jour

« Il faut bien l'arroser d'une larme d'amour. »

Sa bouche finissait d'exprimer sa pensée ,

Lorsqu'à son œil brilla la perle de rosée

Qui des amants plaintifs adoucit le regard.

Puis elle voit au ciel, jeu cruel du hasard ,

Planer l'aigle royal suivi d'une colombe

Qui lassée à la fin suspend son vol et tombe,

Comme l'oiseau blessé par le plomb du chasseur.

Un glaive à cet aspect lui déchire le cœur.

Et deux ruisseaux de pleurs inondent son visage ;

Car dans l'oiseau tombant elle voit son image.

Mais, repoussant enfin ses noirs pressentiments,

Elle ajoute bientôt ces mots doux et charmants :

« Seigneur, vous l'avouez, votre âme n'est séduite

« Que par le sang royal qui coule en Marguerite.

« Vous n'avez recherché que la reine des mers ,

« Sans penser que l'hymen donne des fruits amers .

« Lorsqu'on n'assortit pas et la greffe et la tige.

« Ah ! de l'ambition quel est donc le prestige !

« Mais si Charles savait immoler ses plaisirs

« A la soif de régner, à de vastes désirs,

« Saurait-il pas encor soumettre à son empire

« Une femme constante et digne d'un sourire ?

« Peut-être est-il, seigneur, dans vos riches comtés

« Un tendre cœur de femme en qui vos qualités

« Ont fait depuis longtemps la mortelle blessure

« Qui trop souvent imprime au front la flétrissure.

« Cette femme peut-être en ses cruels ennuis

« De ses tourments secrets attriste en vain les nuits,

« Consume son printemps à maudire sans cesse

« L'attrait que vous offrit un titre de princesse,

« Et demande d'aller seule dans les déserts

« S'abreuver à longs traits de souvenirs amers.

« Même au sein des grandeurs trouvant la solitude,

« Cette femme peut-être avec sollicitude

« Médite constamment sur le sort glorieux

« De celle qui serait agréable à vos yeux,

« Et tremble, en vous voyant lancé dans la carrière,

« Vous qui n'avez pour loi que la vertu guerrière.

« Son cœur parfois peut-être aspire à détacher

« Cet acier sous lequel vous aimez à marcher,

« A céder avec vous, au bord d'une onde pure,

« Au besoin de bénir l'auteur de la nature,

« A voir ce front couvert d'un casque de héros

« Vaguement reflété dans le miroir des eaux ;

« A vous entendre enfin, vous, le dieu des batailles,

« De cette même voix qui perce les murailles,

« Dire que les lauriers cueillis au champ d'honneur,

« Tout glorieux qu'ils sont, ne font pas le bonheur ;

« Puis, dans le saint transport qu'une âme tendre éprouve

« Dans un de ces discours inspirés qu'elle trouve,

« Plus doux que les parfums qui montent jusqu'aux cieux,

« Que la brise des nuits sur un front soucieux,

« Avouer qu'il n'est rien sous la voûte azurée

« Qui vaille les regards d'une femme adorée. »

Isabelle à ces mots sent un frémissement

Glisser sur tout son corps, et s'arrête un moment.

Bourgogne voit en elle une auguste prêtresse

Qui du haut d'un trépied condamne sa rudesse.

Il médite un instant, comme au pied d'un autel,

Et lui répond ainsi plein d'un trouble mortel :

« Isabelle sait bien qu'à travers la mitraille,

« Et le désordre affreux qu'engendre la bataille,

« Je protège toujours, en chevalier pieux,

« La femme qui redoute un soldat furieux.

« Oui, Bourgogne professe un culte véritable.

« Pour un sexe enchanteur qui le croit intraitable.

« Je dirai plus : ce n'est que le cœur palpitant,

« Que je contemple en vous son doux représentant.

« Mais dois-je à la beauté sacrifier la gloire,

« Et flétrir dans ses bras un nom fait pour l'histoire?

« Pour le myrte faut-il brûler tous mes lauriers,

« Et briser à jamais le fer de mes guerriers ?

« Vous me le défendez, n'est-ce pas, Isabelle ?

« Ah ! rappelez-vous donc cette gloire immortelle

« Que j'acquis au tournois, où la lance à la main,

« Je battis le brillant chevalier de Lalain.

« Rappelez-vous ces jours de mémoire si chère

« Où j'ai vaincu deux fois, à côté de mon père,

« Où, près de Monthléry, mes yeux étincelants

« Ont fait signer au roi le traité de Conflans,

« Où j'ai rasé Dinand, dompté Gand, brisé Liége !...

« Qui sous mes pas vainqueurs tendrait encore un piége?

« Et j'irais follement, après un tel destin,

« Ternir ma renommée aux yeux du genre humain?

« Oublier, en filant aux genoux des Omphales

« Que je puis aspirer aux pompes triomphales?...

« Oui, vous verrez un jour l'Orient consterné

« A l'aspect imposant de mon front couronné.

« Je sens déjà frémir les essaims d'infidèles

61

« Qui font à l'Occident des blessures mortelles.

« Ils tremblent de me voir, en nouveau Godefroy,

« Imposer à Sion un véritable roi.

« Mais jamais ce héros dont j'invoque la gloire

« Ne laissa s'égarer le char de la victoire

« Dans les chemins fleuris que lui frayait l'amour.

« Son cœur était plus pur que les rayons du jour.

« Pour obtenir du sort la faveur incertaine,

« Bourgogne imitera ce vaillant capitaine. »

Comme le criminel, en entendant la voix
D'un juge souverain dans le temple des lois,
Rendre avec gravité l'inflexible sentence,
Par ses traits altérés décèle sa souffrance,
L'adorable Isabelle, à ces fermes accents,
N'offre plus aux regards ses attraits séduisants.
Son affreux désespoir creuse d'horribles traces
Sur ce même visage où se jouaient les grâces.
Après un long silence, effrayant précurseur
Des tempêtes des mers et de celles du cœur,
Elle exhale en ces mots sa douleur et sa rage :
« Serais-je condamnée à dévorer l'outrage,
« Sans jamais te jeter au visage un affront ?
« Quoi ! d'un bandeau royal tu veux ceindre ton front,

« Et tu fermes ton cœur à la douce rosée

« Que distille l'amour sur une âme oppressée !

« Es-tu donc au niveau de ton ambition ?

« Crois-moi, le feu sacré manque à ta passion.

« Ingrat qui ne sais pas que la voix d'une femme

« A mille fois guéri les blessures de l'âme ,

« Que nos pressentiments sont un ordre des cieux ,

« Et notre instinct d'amour un guide précieux,

« Tu n'as pas cette flamme ineffable et féconde

« Dont brûlait l'Éternel quand il créa le monde,

« Et qui seule pourrait t'apprendre à gouverner :

« Et sur tout l'Occident tu voudrais dominer ?...

« Du temple du destin j'aperçois le portique ,

« Et mon regard perçant du livre prophétique

« Entrevoit les feuillets tout souillés d'un sang noir.

« Tu vas avoir aussi ta part de désespoir.

« Je suis vengée enfin ! enivrante journée !

« Bourgogne, écoute-moi, voici ta destinée :

« Ce farouche lion et ce cœur de rocher

« Que la voix des tambours seule pourra toucher,

« Verra bientôt finir sa fatale carrière.

« Point de bonheur pour lui qui, sourd à la prière

« D'une femme sensible aux charmes de l'amour,

« Par d'éternels combats se perdra sans retour.

« Aspirant chaque jour à monter sur un trône ,

« Jamais il ne ceindra de royale couronne.

« Aux caprices d'un traître aveuglément soumis ,

« Il sera trop altier pour avoir des amis,

« Et, de l'ambition mémorable victime ,

« Il mourra sans laisser d'héritier légitime...»

« Prince, si j'ai bien lu , c'est le sort qui t'attend ;

« Et j'en rends mille fois grâce à Dieu qui m'entend !...

« Puisse à ton dernier jour ta mémoire fidèle

« Te rappeler encor les accents d'Isabelle ;

« Puissent tes yeux couverts des ombres du trépas,

« Me rechercher en vain, moi que tu ne veux pas;

« Moi qui pourrais semer le désert de ta vie

« De ces divines fleurs qu'un tendre cœur envie ,

« Moi qui te retenant dans mes bras amoureux

« Aurais su t'arracher à ton destin affreux !...

« Adieu, prince, je vais au fond d'un monastère

« Me cacher et gémir sous une règle austère.

« Dans mon insuffisance à faire ton bonheur

« Sur la terre, j'aurai du moins une douceur :

« Celle de prier Dieu pour ton âme barbare !

« Bien qu'un immense abîme ici-bas nous sépare ,

« Et que j'aie essuyé tes dédains pleins de fiel ,

« Je saurai te forcer à m'aimer dans le ciel !...»

En proférant ces mots dictés par sa foi vive,
Tristes comme les sons d'une harpe plaintive,
Elle aperçoit Bourgogne, attendri par sa voix,
Verser enfin des pleurs pour la première fois ;
Mais elle disparaît comme une ombre légère,
Ou comme la vapeur qui s'élève de terre,
Et va s'évanouir dans la vague des airs.
Le duc, demeuré seul, à des regrets amers
Paraît longtemps en proie. Il se dit, dans son âme :
« Ai-je pu repousser les aveux d'une femme
« Qui se montrait déjà l'ange consolateur,
« Le céleste mentor qu'il faudrait à mon cœur?
« Elle aurait quelquefois de sa main délicate
« Détaché le bandeau qui m'aveugle et me flatte,
« Et, cachant mon poignard sous des bouquets de fleurs,
« Elle eût un jour peut-être essuyé bien des pleurs.»

Tandis qu'il prononçait ces mots mélancoliques,
Il croyait l'entrevoir par des vitraux gothiques,
Humblement à genoux et se frappant le sein,
En présence du Dieu qui bénit son dessein,
Ou murmurant déjà la fervente prière
Qu'elle doit soupirer à son heure dernière.
Tantôt il croit la voir, reine par la beauté,

Briller de tout l'éclat de la virginité,

S'élever dans les airs sur un trône d'albâtre,

Emportant les adieux touchants de l'idolâtre,

Les bénédictions et les vœux du chrétien

Qui va trouver en elle un aimable soutien.

Tantôt il l'aperçoit dans les riches demeures

D'où l'Eternel commande et calcule les heures.

Là, son brillant visage offre encor plus d'attraits :

Les pinceaux ne font point de ces divins portraits.

Son corps aérien et de forme ondoyante

Embellit d'un reflet la gaze chatoyante

Qui paraît le couvrir, ou plutôt l'effleurer ;

Il exhale une odeur plus douce à respirer

Que les mille parfums qu'a répandus l'aurore

Sous les pas du soleil par qui tout se colore.

Son souffle est d'un enfant né depuis quelques jours,

Fruit et gage adoré des premières amours.

De sa bouche entr'ouverte, et semblable à la rose

Sous l'aile des zéphirs nouvellement éclose,

Découlent des torrents de sons mélodieux

Qui rendent les élus encor plus radieux.

Quelquefois il entend qu'en sa douleur amère

Elle prononce un nom, celui du Téméraire :

Elle veut qu'en son cœur descende le rayon

Qui pourrait éclairer sa vaine ambition,
Et lui révèlerait que la seule couronne
Vraiment digne d'envie est celle que Dieu donne,
Dans un monde meilleur, aux princes généreux
Qui passèrent leur vie à faire des heureux.

Tels étaient les pensers et le rêve mystique
Qui faisaient oublier au duc sa politique ;
Et qui se balançaient dans son front agité,
Comme l'on voit parfois le soir d'un jour d'été
Se croiser dans le ciel ces ombres vaporeuses
Qui sont pleines d'attraits pour les âmes rêveuses.

CHANT TROISIÈME.

ARGUMENT.

Conférence de Péronne. — Philippe de Comine apaise la fureur
de Charles-le-Téméraire.—Ce dernier force Louis XI à marcher avec lui sur Liége. — Tableau des horreurs commises
après la victoire. — Philippe-le-Bon apparaît à son fils, et lui
prédit le sort qui est réservé aux rois de l'Europe.

Cependant le héros oublia tour-à-tour
Les douceurs de l'hymen et la voix de l'amour,
Pour se frayer enfin une route facile
Vers le but glorieux que son âme virile
Vainement poursuivait depuis tant de printemps.
Trop certain que Louis s'opposera longtemps
A son brûlant désir de ceindre une couronne,
S'il ne le fait trembler, il se rend à Péronne.

Le monarque surpris s'y rend de son côté.

Est-ce par courtoisie ou par duplicité?

Cède-t-il à la crainte, ou se prend-il au piége?

C'est un problème encor. La révolte de Liége

Suscitée, il est vrai, par ce même Louis,

Mais éclatant aux yeux des peuples interdits

Au moment solennel où deux grandes puissances

Sur un traité prochain fondent des espérances,

Est un de ces défis jetés à l'historien

Qui veut tout expliquer, et qui n'explique rien.

Tous les Français pourtant conçoivent des alarmes

En apprenant que Liége a pris encor les armes.

Ils tremblent pour ce roi qui, tout cruel qu'il est,

A des sujets obscurs porte quelque intérêt,

Pour ce roi soucieux de l'honneur de la France

Qui toujours d'Albion détruisit l'espérance.

La superstition qui propage l'erreur

En tous lieux répandait encore la terreur.

Le peuple, vain jouet des préjugés antiques,

Croyait aveuglément aux contes fantastiques

Qui menaçaient le roi de mort ou de poison.

Une comète rouge avait à l'horizon

Plusieurs fois déroulé sa longue chevelure;

Et l'on pensait qu'un grand deviendrait la pâture
Des hôtes des tombeaux vers la fin du printemps,
La lune avait aussi montré pendant longtemps,
Au lieu d'un front serein et blanc comme l'ivoire,
Un visage flétri par une tache noire;
Enfin, quand du soleil planant sur les ruisseaux
Le disque apparaissait dans le miroir des eaux,
Ses rayons incertains en passant troublaient l'onde,
Et leur sombre couleur épouvantait le monde.

Pourtant le maréchal de Bourgogne campait
Sous les murs de Péronne, et de terreur frappait
Le roi qu'il haïssait du plus profond de l'âme.
Bientôt on voit venir de Tongres une femme
Qui s'écrie effarée, éperdue et versant,
Comme sur un fils mort, quelques larmes de sang :
« Hélas! j'ai vu traîner dans des flots de poussière
« Robert, ce bon Robert, porteur de la bannière
« De l'évêque Bourbon que nous chérissons tous.
« Mille Liégeois l'on fait expirer sous leurs coups.
« Ils riaient, ils chantaient, comme en un jour de fête,
« Et se jetaient entre eux ses membres à la tête.
« Le prélat menacé du fer des assassins
« A pu seul prévenir leurs horribles desseins. »

Dès qu'il a recueilli la fatale nouvelle,
Bourgogne fait ranger une troupe fidèle
De ses vaillants archers aux portes du château
Qui peut du roi Louis devenir le tombeau.
Déjà le comte Herbert, mécontent de son maître,
De ces tristes donjons l'avait fait disparaître ;
Et Louis qui connaît le sort de ses aïeux ,
En secret doit frémir en contemplant ces lieux.

L'impérieux Bourgogne , au penser de l'outrage ,
Tel qu'un lion hurlant aux barreaux de sa cage ,
Fait souvent éclater son aveugle fureur.
Ses cris dans ces vieux murs répandent la terreur.
Dans sa chambre tantôt il rentrait en silence ,
Se jetait sur son lit, et maudissait la France ;
Tantôt il se levait et marchait à grands pas.
Tandis que dans son cœur se livrent ces combats,
On entend retentir ces terribles paroles :
« Vil roi, nouveau Sinon, ta foi, tu la violes :
« Le serment n'est pour toi qu'un moyen de succès,
« Dont tu fais chaque jour de criminels essais.
« Tu me trahis encore, ô comble d'infamie !
« En venant près de moi, dans une ville amie,
« Pour mettre enfin un terme à nos trop longs débats ..

« Ah ! crois qu'à mon courroux tu n'échapperas pas !

« Je vais te renfermer sur-le-Champ dans la salle,

Dans l'immense cachot de la tour colossale ;

« Et si Liége bientôt ne rampe devant moi,

« Je saurai te punir de ton manque de foi ! »

Il allait appeler sa cohorte fidèle,

Quand des grandes vertus le plus parfait modèle

Arriva : de Comine, immortel écrivain

Que les siècles futurs ne liront pas en vain.

Toujours judicieux et sage par essence,

Ses écrits sont marqués au coin de la prudence.

Il ne sait ni haïr ni flatter les mortels,

Et n'a jamais détruit ni dressé des autels.

Les champs de Montlhéry, les remparts de Péronne

Le virent tour-à-tour fidèle à la personne

Du prince redouté des peuples et des rois ;

Mais pourra-t-il toujours se ranger sous ses lois?

Il l'aborde aujourd'hui d'un front calme et sévère,

Et d'un ton solennel que la douceur tempère,

Il lui dit : « permettez à votre serviteur,

« Prince, de prévenir un immense malheur ;

« Car je vois au courroux, au feu qui vous anime

« Que vous immoleriez une illustre victime.

« Louis a-t-il voulu trahir votre écusson ?

« Ah ! qu'il faudrait toucher du doigt la trahison,

« Avant de menacer d'un trésor de colère

« Un monarque puissant que l'Europe vénère.

« Avoir deux fois raison contre son souverain,

« N'est pas même un motif, aux yeux du genre humain,

« Pour ne pas honorer l'éclat du diadème.

« Prince, vous paraîtrez digne du rang suprême,

« Si, bien que vous doutiez de sa fidélité,

« Vous respectez les droits de l'hospitalité. »

Effet magique et prompt des paroles d'un sage,

Bourgogne se contient à ce noble langage;

Il jette sur Comine un coup-d'œil caressant,

Paraît quelques instants méditer, et, pressant

Plus d'une fois sa main, rompt enfin le silence :

« Comine, lui dit-il, sois donc ma providence.

« Que mon vaisseau qui vogue au vent de tes conseils

« Puisse toujours avoir des pilotes pareils.

« Je fais grâce à Louis, afin de te complaire;

« Mais il faut museler ce tigre sanguinaire :

« Qu'il vienne donc jurer sur la croix de Saint-Laud

« Que jamais son appui ne nous fera défaut

« Lorsque nos bataillons devront marcher sur Liége.

« Bien plus, dès aujourd'hui, pour lui dresser un piége,

« Qu'il mette à son chapeau la croix de Saint-André,

« Au lieu de la croix blanche, objet pour lui sacré.

« Et me conduise ainsi vers la ville infidèle

« Qui de nouveau me fait une injure cruelle ;

« Mais qui sera réduite en cendres sans retour.

« Va, Comine, avertir mon cousin dans la tour. »

Il dit, et l'historien de remplir son message.

Louis, dans son astuce, au plus fort de l'orage

Affectait un air calme ; et ses traits de gaîté

Contrastaient trop souvent avec l'anxiété

Qui régnait au château, non moins que dans la ville.

Aux ordres de Bourgogne il se montre docile ;

Et sa garde écossaise, en murmurant tout bas,

Arrache sa croix blanche et va suivre ses pas.

Bientôt Français, Flamands et Bourguignons ensemble,

Unissent leurs drapeaux devant lesquels tout tremble ;

Et de Péronne à Liége, en tous lieux, on entend

Les pas précipités du coursier haletant.

Le moissonneur, toujours ennemi du carnage,

Croit entendre gronder dans les airs un orage ;

Et l'enfant effrayé d'un bruit aussi nouveau

Retient sa tendre mère auprès de son berceau.

Des ennemis enfin apparaît la bannière ;

Un hourrah de fureur parcourt l'armée entière.

Ainsi dans l'hippodrome, au déclin d'un beau jour,
Un coursier qui s'abstint des plaisirs de l'amour
Du pied frappe la terre, et, secouant la tête
Brûle de s'élancer prompt comme la tempête.
Tel encor chez les Grecs un athlète excité
Par les mille clameurs d'un théâtre agité,
Et par le doux espoir d'une gloire certaine,
Palpitait au penser de bondir dans l'arène.
Les vaillants Bourguignons arrivent haletants
Sous les murs de la ville aux esprits inconstants.
Là, tel qu'un roc dressé pour braver un orage,
Jean de Wilde attendait leur choc avec courage.
Il était entouré de ces riches métiers
Que Liége possédait dans ses nombreux quartiers,
Et se croyait alors au-dessus des monarques
Étalant du pouvoir les fastueuses marques.
Mais bientôt, comme on voit au vaste sein des mers
Deux lames en fureur mêler leurs flots amers,
Les deux camps à la fois s'ébranlant dans la plaine
S'élancent l'un sur l'autre et rougissent l'arène.
Bourgogne plein du feu dont brûlent les héros,
N'avait pas le sang-froid qui fait les généraux,
Il se trouble un instant ; et déjà la victoire
Aux Liégeois du combat semblait laisser la gloire,

Lorsque le roi de France, impassible jouteur,
Ramène les vaincus au chemin de l'honneur.
Jean de Wilde blessé d'une flèche cruelle
Combat longtemps encor, mais enfin il chancelle,
Et tombe comme un chêne au milieu des forêts,
Des pâtres d'alentour emportant les regrets.
A l'aspect du guerrier roulant dans la poussière,
Les Liégeois, qui portaient en avant leur bannière,
Sont tout-à-coup saisis d'épouvante et d'horreur,
Et courent dans leurs murs répandre la terreur.
Les vieillards redoutant des fureurs inhumaines
Vont chercher un asile au sommet des Ardennes.
Bourgogne est enivré de ce premier succès;
Et, méditant déjà ces coupables excès
Auxquels peut se livrer un vainqueur téméraire,
Lorsque n'est pas éteint le feu de sa colère,
Il fait marcher sur Liége un essaim glorieux
De guerriers dont les dards éblouissent les yeux.
Rayonnante d'orgueil, de fureur animée,
Autour des vieux remparts se range cette armée.

Les Liégeois revenus de leur vaine terreur
A Bourgogne bientôt font connaître la peur.
C'était pendant l'horreur d'une nuit ténébreuse :

Sans sonner la sortie , une troupe nombreuse,
De combattants franchit le pont de la cité,
Et tomba tout-à-coup, comme un flot irrité,
Sur le camp de Bourgogne oubliant sa fatigue
Dans les bras du sommeil. Opposer une digue
Au cours impétueux de ces flots écumants
Était chose impossible en ces tristes moments :
Aussi Flamands, Français et Bourguignons ensemble,
Que l'honneur a conduits, qu'un même affront rassemble,
Tombant de tous côtés réjouissent l'enfer.
Ainsi tombaient jadis, sous le tranchant du fer,
Ces animaux tremblants qu'Ajax dans sa furie
Prenait pour des guerriers dormant dans la prairie.
La maison de Bourgogne elle-même aux abois
Croit toucher au moment si redouté des rois,
Lorsqu'à ses yeux troublés se présente intrépide
La phalange d'Écosse à la flèche rapide.
Elle vient protéger la tente de Louis,
Et renvoyer la mort aux Liégeois interdits.
Tout change à son aspect. Son javelot scintille,
Et force les vainqueurs à rentrer dans la ville.
Le monarque et le duc s'étant rejoints enfin
Conviennent de donner l'assaut le lendemain.
Dès qu'au ciel eut brillé l'écharpe de l'aurore,

La couleuvrine en feu, la bombarde sonore,
Annoncèrent au loin le grand jour de l'assaut.
Bourguignons et Liégeois s'éveillent en sursaut,
Quittent leur couche humide et prennent leur armure.
Chacun de sa bannière étale la parure.
La trompette a sonné ; marchant vers les remparts
Les Bourguignons lançaient une grêle de dards,
Tandis que les canons qu'avait envoyés Lille,
Tonnant de tous côtés, démantelaient la ville.
Rien ne peut résister à leurs bruyants efforts.
La place déplorant ses aveugles transports
Capitule bientôt, et rase la muraille
Qu'avait déjà percée une horrible mitraille.

Bourgogne, accompagné du perfide Louis,
De Saint-Lambert enfin a gagné le parvis.
A travers une haie immense, impénétrable
De soldats qui brûlaient, spectacle déplorable,
D'assouvir leur fureur sur un peuple alarmé
Qui se montrait partout nu-tête et désarmé.
Il pénétrait déjà dans le temple gothique,
Lorsqu'il voit un soldat prenant un vase antique
Sur l'autel. A l'aspect d'un tel profanateur,
Ne pouvant maîtriser une sainte fureur,

Il saisit sur-le-champ sa flamboyante épée,
Qui du sang des Liégeois était encor trempée,
Et la plonge trois fois dans le sein du soldat.
A ce meurtre pieux applaudit le prélat ;
Il tressaille de joie, et, du haut de sa chaire,
Fait bientôt retentir l'écho du sanctuaire :
« Magnanime vainqueur, dit-il, prince puissant,
« En vous des rois chrétiens je reconnais le sang.
« A peine descendu, resplendissant de gloire,
« Du char éblouissant qui porte la victoire,
« Vous venez dans ce temple adorer le seigneur,
« Et de ses droits sacrés vous montrer le vengeur.
« Oui, vous avez rempli le rôle mémorable
« Que remplit ce guerrier ministre inexorable
« Des volontés du ciel, quand l'ennemi de Dieu
« Tenta de dérober les trésors du saint lieu.
« Soudain il terrassa l'impie Héliodore :
« Vous l'avez imité, prince. Je vois encore
« Étinceler le glaive en ces terribles mains
« Qui vous font aujourd'hui l'arbitre des humains ;
« Mais je comprends aussi le pouvoir invisible
« Qui prête à votre bras une force invincible.
« Prince, soyez toujours l'instrument du Seigneur,
« Et de son culte saint le zélé protecteur :

« Alors à vos drapeaux la victoire fidèle

« Vous fera rayonner d'une gloire immortelle. »

A ces mots du prélat par le ciel inspirés,

On vit les Bourguignons, ces guerriers enivrés

Par l'odeur de la poudre et l'amour de la gloire,

Respecter les autels du dieu de la victoire,

Et sortir résignés du temple merveilleux

Qu'enrichissaient encor des vases précieux.

Mais qui peut contenir une troupe effrénée

De barbares vainqueurs pendant une journée ?

Le grand Bourgogne en vain de son fer menaçant

Noya, dans son courroux, un guerrier dans son sang ;

Vainement de Bourbon, noble évêque de Liége

Qui semblait refléter tout l'éclat du saint siége,

La voix émue avait déjà béni la main

Qui frappa ce guerrier emportant le butin

Fait dans un temple saint où l'Éternel réside :

Rien ne réprimera la soldatesque avide,

Qu'elle n'ait assouvi sa coupable fureur

Dans tous les autres lieux consacrés au Seigneur.

Anges qui, franchissant les portes éternelles,

Effleurez quelquefois la terre de vos ailes,

Éloignez-vous de moi ; car je vais en ce jour

Faire frémir d'horreur tout ce qui vit d'amour.

Après avoir quitté la riche cathédrale,
Les soldats dévorés d'une soif sans égale
Enfoncent des maisons, et boivent à longs traits
La liqueur qui pour l'homme a souvent trop d'attraits.
A la vapeur du vin le sang monte au visage;
Et dans la ville éclate un horrible tapage.
Ainsi gronde l'Etna lorsqu'il est allumé,
Et retentit au loin le salpêtre enflammé.
Les plus audacieux, donnant d'affreux exemples,
S'élancent dans la rue, et vont forcer les temples
Qui tous étaient remplis d'un peuple agenouillé.
Le glaive des vainqueurs là s'est longtemps souillé
Dans le sang d'ennemis rendus et sans défense.
Ces monstres insultant aux lois de la décence,
Et par leurs cris couvrant la voix de la pudeur,
Signalaient à l'envi leur sacrilége ardeur.
Nuages aux flancs noirs, ministres des tempêtes
Que le vent des hivers appelle sur nos têtes,
Descendez promptement du céleste séjour
Pour cacher les horreurs commises en ce jour.
Ah! couvrez à jamais d'un voile impénétrable
Ce que peut inspirer cette soif exécrable

De l'or même au soldat qui combat en héros.

Je détourne mes yeux de ces affreux tableaux,

Et demande instamment de plus douces peintures.

Pourquoi glacer d'effroi jusqu'aux races futures,

En montrant des guerriers l'élite des mortels,

Profanant les lieux saints et pillant les autels,

Brisant avec fracas l'airain du sanctuaire

Où repose voilé, comme dans un suaire,

Le Dieu qui par sa mort voulut régénérer

Des peuples assoupis et tout près d'expirer ?

Faudrait-il entr'ouvrir ces enceintes sacrées

Regorgeant de mourants, de têtes séparées

Du tronc d'un corps fumant d'où découle un sang noir ?

Non, je ne peindrai pas l'horrible désespoir

De femmes qui, les mains aux cadavres collées,

Se voyaient entraîner sanglantes, mutilées,

Pour aller assouvir des appétits affreux.

Meuse, tes flots pourprés, en ce jour désastreux,

Roulèrent bien des morts inconnus ou célèbres

Dans l'Océan troublé de ces pompes funèbres !

Qu'il recèle à jamais ces restes dans son sein,

Et sauve à des vainqueurs le surnom d'assassin.

Et vous, échos plaintifs et tremblants des Ardennes,

Qu'on entendit gémir de nos plages lointaines,

Sur le destin affreux des turbulents Liégeois,
Ah ! ne répétez point de barbares exploits.
Ne dites pas qu'alors des soldats en furie
Frappèrent les vaincus chassés de leur patrie,
Dans des bois ténébreux, comme des animaux.
Laissez tous ces forfaits dans l'oubli des tombeaux.

Tandis que le soldat faisait dans sa démence
Frémir le genre humain, lassé de sa clémence,
Bourgogne décidait du sort de la cité,
Victime de Louis, qui l'avait irrité.
L'ordre fatal longtemps ne se fit pas attendre :
« Qu'on réduise, dit-il, soudain la ville en cendre.
« De tous les monuments élevés en ce lieu
« Qu'on ne laisse debout que les temples de Dieu. »
Alors tels que parfois, du sommet des montagnes,
Roulent avec fracas, à travers les campagnes,
Sous l'effort redoublé de l'autan des hivers,
Les rochers dont le front se perdait dans les airs,
Les Bourguignons, encore altérés de carnage,
Dans ces murs qu'attendait un horrible ravage
Se ruent, en poussant des hurlements affreux,
Et traînent des béliers et des caissons poudreux.
Murs sacrés d'Ilion que célébra Virgile,

Vous subltes le sort que subit cette ville ;

Mais l'univers du moins verse toujours des pleurs,

En lisant le divin récit de vos malheurs.

Hélas ! moi je n'ai pas pour peindre un incendie

Les célestes couleurs qu'emprunte le génie:

Je ne dirai donc pas la chute des palais,

Je laisserai partir, sans esquisser leurs traits,

Ces infirmes vieillards dont la faible paupière

Ne peut plus soutenir l'éclat de la lumière,

Ces femmes emportant dans leurs bras demi-nus

Et tout ensanglantés leurs enfants éperdus,

Et tournant mille fois un lugubre visage

Vers ces murs enflammés et livrés au pillage,

Vers ces noirs tourbillons s'élevant jusqu'aux cieux,

Comme pour publier ce désastre en tous lieux.

Cependant d'Himbercourt qu'on vit contre la place,

Au signal du combat, courir avec audace,

Et faire de nouveaux prodiges de valeur,

Sent son cœur s'émouvoir à l'aspect du malheur,

Et va se présenter au prince trop sévère.

Sa démarche, son front et son visage austère

Semblaient pour le vainqueur un reproche vivant.

Il s'approche à pas lents de Bourgogne, et levant

Des yeux mouillés de pleurs sur son terrible maître,
Il lui dit : « Devant vous j'ose aujourd'hui paraître,
Prince, pour déplorer le malheur des Liégeois
Qu'avec vous hier encor je rangeais sous vos lois.
Permettez qu'un vieillard, lorsqu'il la voit flétrie,
Ou détruite à jamais, pleure sur sa patrie.
Combien je désirais que mon noble seigneur
Content d'avoir encor signalé sa valeur,
Et réduit au néant un dessein téméraire,
Châtiât les Liégeois comme châtie un père,
Lorsqu'il est irrité contre un fils peu soumis.
Ciel parfois si clément, tu ne l'as point permis !...
Toujours, comme un roseau qu'assiége la tempête,
Sous un tel souvenir je courberai la tête. »

A ces mots il s'éloigne, et deux ruisseaux de pleurs
Découlant de ses yeux révèlent ses douleurs.
Charles qui n'a jamais écouté sans colère
Les sévères conseils d'un ami trop sincère,
Ne peut sans s'attendrir entendre ce discours ;
Et, dès que le soleil a terminé son cours,
C'est en vain qu'il demande à la nuit bienfaisante
De porter sur son front sa main rafraîchissante,
Et d'effeuiller sur lui la fleur de ces pavots

Qui des tristes mortels adoucissent les maux.

A peine a-t-il fermé sa pesante paupière,

Qu'il croit voir dans les cieux briller une lumière,

Retraçant tous les traits de Philippe-le-Bon,

Qui mérita souvent son modeste surnom.

Ce père bien-aimé descend sur un nuage,

Et vient à son chevet lui tenir ce langage :

« Mon fils, que n'as-tu fait comme ces anciens rois

Qui, bien que remplissant du bruit de leurs exploits

L'univers étonné du poids de leur puissance,

Consacraient néanmoins leur nom par la clémence?

Contre un prince cruel justement irrité

Le ciel te frappera dans ta postérité.

Non, tu n'auras jamais qu'une fille chérie;

Tu n'obtiendras de Dieu que la belle Marie

Dont cent princes rivaux, l'honneur du genre humain,

Admireront l'éclat et brigueront la main.

Oui, le nom de Bourgogne à jamais va s'éteindre.

C'est ta faute, mon fils; garde-toi de te plaindre.

Dévore tes regrets dans le fond de ton cœur.

Je vais tâcher pourtant d'alléger ton malheur.

Jette avec moi les yeux sur la terre où nous sommes,

Sur les nombreux états qu'y fondèrent les hommes

Je veux te dévoiler leur avenir affreux :

6

Tu te résigneras en méditant sur eux.

Ce royaume puissant où naquit Marguerite,

Qui toujours convoita l'empire d'Amphitrite,

Dont tous les potentats briguèrent l'amitié,

Fera verser un jour des larmes de pitié.

Je vois l'un de ses rois, modèle de clémence,

Tomber sous le couteau d'un Cromwel en démence;

J'aperçois les Stuarts, malheureux exilés,

Errer de mer en mer, poursuivis, désolés,

Et, sort trois fois cruel pour des races antiques,

Redemander leur sceptre aux princes despotiques.

Les deux roses, montrant leurs fatales couleurs,

Feront aussi verser et du sang et des pleurs,

Lorsque des factions les trames criminelles

Voudront couper des rois les tiges immortelles.

De cette Ile, aujourd'hui l'âme de l'Occident,

Portons nos yeux, mon fils, sur ce peuple géant

Qui plein de ce beau feu dont un noble cœur brûle

Franchira le premier les colonnes d'Hercule.

Tu vois briller partout l'Espagnol indompté,

Et son nom parvenir à la postérité

Rayonnant de l'éclat que nous prête l'histoire.

Hélas! après avoir remporté la victoire

Sur tous les éléments, sur cent peuples divers,

Et rempli ses vaisseaux de l'or de l'univers,

Cet Espagnol altier qui disposa des trônes

Verra tomber enfin l'une de ses couronnes ;

Bien plus, un jour viendra, que le ciel est sévère !

Où ses pieds fouleront tout ce que l'on révère.

Je vois des combattants succomber par milliers ;

Je vois des grands bannis, des princes fusillés :

Dans cet affreux chaos qui pourra reconnaitre

Le sujet et le roi, le profane et le prêtre ?

De ces ruisseaux de sang détournant mon regard,

Je vais les reposer sur la terre au hasard.

Je n'irai pas chercher une tribu d'Afrique,

Ni ces noirs abhorrant un pouvoir tyrannique ;

Je les arrêterai, mon fils, si tu le veux,

Sur ce peuple voisin qui pour toi fait des vœux,

Sur ces neveux des Francs dont tu descends toi-même.

Longtemps on enviera le brillant diadème

Que ceindront tour-à-tour les François, les Henri,

Et ce Louis quatorze aussi grand que chéri ;

Mais un jour leurs fleurons roulés dans la poussière

Ne reflèteront plus l'éclat de la lumière.

Je vois un roi trop bon, un prince vertueux

Porter sur l'échafaud sa tête aux blancs cheveux :

L'État est ébranlé jusque dans ses racines,

Et le sol des Français est couvert de ruines.
J'admire cependant un glorieux soldat
Ramassant la couronne, et lui rendant l'éclat
Qu'elle perdit au sein d'un déluge de crimes ;
Mais le ciel la remet aux maîtres légitimes ;
Et ces maîtres bientôt, dans leur adversité,
Fuiront devant le fer d'un peuple révolté.
Le sort en te frappant dans l'espoir de ta race
T'épargne aussi les maux dont nous suivons la trace.
Si tu n'as point de fils, si le sceptre des rois
Ne doit jamais briller dans les mains que je vois,
Tu n'auras pas du moins à gémir dans la suite
Sur un trône perdu, sur l'horreur d'une fuite. »
Il dit, et revola vers la voûte des cieux.
Bourgogne se réveille, et sombre et soucieux
Il s'éloigne bientôt de la cité fatale
Qui brise de douleur son âme martiale.

Voyant le coup mortel que reçoit ta maison,
Prince, vas-tu choisir pour guide la raison ?
La Flandre et la Bourgogne étroitement unies
Seront-elles pour toi comme deux colonies,
Qu'un prudent fondateur comble de ses bienfaits,
Sans vouloir s'illustrer ailleurs par des hauts faits ?

Les brillants paladins, les écharpes dorées,

De superbes vassaux les devises sacrées,

Ondoyant dans les airs au signal d'un tournois,

N'offrent-ils plus d'attraits au descendant des rois ?

L'Europe n'attend pas que ta main libérale

Dépose, en ce moment, la couronne ducale,

Pour aller sous la cendre expier tes fureurs :

Mais touchons-nous du moins au terme des horreurs ?

Tes peuples fatigués, la guerrière Helvétie,

La France qui jamais ne connut l'inertie,

Pourront-ils respirer et reposer en paix !

Un prince ne peut-il répandre des bienfaits,

Après s'être enivré de l'orgueil des conquêtes ?

Le cœur d'un conquérant dédaigne-t-il ces fêtes

Que donne le village à l'ombre d'un ormeau,

Sur la verte pelouse, au son du chalumeau ;

Et son œil, trop épris du fracas des batailles,

Voit-il donc froidement les rustiques semailles,

Le hoyau séculaire et la serpe de fer ?

N'aime-t-il que l'acier qui plonge dans l'enfer ?

Nesle, ville célèbre, ouvre-moi ton église.

C'est là qu'est la réponse ; et je veux qu'on la lise :

En face des autels un farouche guerrier,

Bourgogne est à cheval, le front ceint d'un laurier.

L'odeur du sang humain dont la nef est rougie,

Pour lui c'est le parfum d'une enivrante orgie.

Grand Dieu, toi qui connais l'âme de tout mortel,

Qu'espérer d'un vainqueur qui profane l'autel ?

CHANT QUATRIÈME.

ARGUMENT.

Charles-le-Téméraire attaque la France. — Il échoue devant Beauvais que défend Jeanne-Hachette. — Description du siége le plus étonnant du moyen-âge. — Les nombreuses merveilles qui s'opèrent.

Voyez cette forêt de lances acérées

Qui s'agite à travers les plaines diaprées ,

Voyez ces fiers coursiers qui traînent sans effort

Ces longs tubes d'airain qui vomiront la mort.

De Bourgogne en fureur c'est l'armée invincible.

Il veut justifier le surnom de terrible

Qui lui fut imposé dans Nesle encor fumant.

Donnant un libre cours à son ressentiment

Contre le roi maudit qui règne sur la France ,

Il crie à ses soldats : « Vengeance, amis, vengeance!

« Massacrez, brûlez tout dans Beauvais en ce jour.

«Par des ruisseaux de sang prouvez-moi votre amour.

« Faisons de mon courroux éclater le tonnerre,

« Et savourons les fruits de l'arbre de la guerre ! »

C'est ainsi qu'exhalant tous ses dessins affreux

Ce prince anime encor ses bataillons poudreux.

Plus prompte que l'éclair l'étincelle électrique

De soldat en soldat partout se communique.

Aussitôt on entend ces féroces guerriers

S'élancer à l'égal d'un essaim de courriers,

Brandir en blasphémant leurs lances flamboyantes,

Et faire au loin gémir les plaines ondoyantes.

Ainsi gronde la mer en ses jours de fureur,

Lorsqu'offrant à nos yeux un tableau plein d'horreur,

Ses flots retentissants et tout blanchis d'écume

Vont au nuage obscur mêler leur amertume,

Lorsque du ciel jaillit la flamme des éclairs,

Montrant sur un écueil des vaisseaux entr'ouverts,

Des mâts brisés , des corps flottant à l'aventure ,

Et les tristes débris de toute la nature.

O Beauvais , qui jadis avec tant de succès

A l'Anglais de tes murs sus défendre l'accès,
Qui voyant d'Orléans la vierge révérée
Faire des Léopards une horrible curée,
Mesuras ton courage à celui de son cœur,
Vas-tu ternir ta gloire et manquer à l'honneur?
De la religion la pompe solennelle
Proclame tous les ans ton amour et ton zèle
Pour ton roi, pour le nom et le drapeau français:
Ah! pourrons-nous encor célébrer tes hauts faits?
Verrons-nous de nouveau ta brillante jeunesse
Chanter sur tes remparts des hymnes d'allégresse,
Illuminer les tours, et, se parant de fleurs,
A l'ombre des lauriers oublier ses malheurs?

Cependant Balagny, gouverneur de la ville,
Y ramène en fuyant une troupe docile,
Comme fuit un berger devant des loups sanglants,
Entraînant avec lui tous ses agneaux tremblants.
Beauvais apprend alors qu'une puissante armée
Vient d'envahir les champs de la France alarmée,
Et qu'elle va bientôt foudroyer son rempart,
S'il n'a des Bourguignons arboré l'étendard.
Mais aussitôt l'amour sacré de la patrie
Eclate dans son sein, et partout on s'écrie:

« Plutôt que de céder, amis, il faut périr.

« Nous avons en ce jour un nom à conquérir. »

Tels jadis les Romains de leur noble parole

S'excitaient à braver, du haut du capitole,

Les assauts imprévus de cent peuples divers

Accourus à la fois du bout de l'univers.

Quelques arquebusiers de la ville héroïque

Escort nt Balagny, qui, s'armant d'une pique,

Pénètre dans un fort que domine une tour;

Et là, victorieux et vaincu tour-à-tour,

Il arrête d'Esquerde avec son avant-garde.

Ce héros à travers mille traits se hasarde,

Pour donner à Beauvais le temps de s'apprêter

Aux orages affreux qui devaient éclater.

Enfin il est blessé d'une flèche cruelle ;

Et, malgré les accès d'une douleur mortelle ,

Il rentre dans les murs de la noble cité ,

En tournant vers d'Esquerde un visage irrité.

Ainsi le sanglier succombant de fatigue ,

S'efforce, mais en vain, d'opposer une digue

Au cours impétueux des chiens et du chasseur :

Il se retourne encore étranger à la peur,

A ces tyrans maudits montre ses dents d'ivoire ,

Et semble en reculant disputer la victoire.

L'absence du héros ranime en Montmartin
L'espoir d'avoir bientôt une part du butin.
Il s'écrie avec joie : Amis, la ville est prise !
Mais, s'approchant des murs, il voit avec surprise
Que Beauvais a déjà pourvu de toutes parts
Aux besoins qu'éprouvaient ses antiques remparts.
Cependant des soldats une attaque dernière
Vient de briser la porte. On plante la bannière
A l'endroit du fossé que de son poids pressait
L'énorme pont-levis, quand la main le baissait.
Alors aux environs de la herse solide
Se range dans la ville une troupe intrépide
D'arquebusiers, qui, pleins d'un généreux courroux,
Font tomber à leurs pieds l'ennemi sous leurs coups.
Les habitants avaient traîné des couleuvrines
Jusqu'au lieu du combat. A travers les ruines,
Des femmes, des enfants, des vierges au teint frais,
Apportaient des monceaux de pierres et de traits,
Sans craindre les archers qui, de leurs cordes sèches,
Lançaient contre les murs une grêle de flèches.
Enfin le Bourguignon qui planta l'étendard
Mortellement blessé tombe au pied du rempart.
Mais ce n'est pas encor le point de la muraille
D'où jaillit par torrents l'homicide mitraille ;

Car d'Esquerdes plus loin arrosait les sillons
Des sueurs et du sang de tous ses bataillons.
Là les cris des mourants frappent la voûte immense
Que le flambeau du jour éclairait en silence,
Et l'éclatante voix des canons en fureur
Aux cités d'alentour apportent la terreur.
De Balagny bientôt l'art panse la blessure ;
Et ce héros craignant déjà la flétrissure
Que pourrait imprimer sur son nom glorieux
Sa retraite forcée en ce jour périlleux,
Fait taire sa douleur et s'arme de courage.
De quartier en quartier il va souffler la rage.
De tous les habitants il relève le cœur,
En faisant à grands cris un appel à l'honneur :
Et, pendant que chacun donnait un noble exemple,
Des vierges de quinze ans se rendirent au temple.
Là se trouve, parmi tous les dons précieux
Que font depuis longtemps des monarques pieux,
La châsse d'Angadresme, immortelle patronne
Des murs que la fureur des combats environne ;
Et chacun peut citer d'honorables vieillards
Qui l'avaient déjà vue apparaître aux remparts
Qu'Arundel foudroyait depuis une heure entière,
Quand furent dispersés, au vent de sa prière,

Ces superbes Anglais qui voulaient dominer
Sur un peuple que rien ne saurait enchaîner.
Les vierges, soulevant la châsse vénérée,
La transportent en chœur, pompe trois fois sacrée,
A l'endroit du rempart qui déjà s'inclinait
Sous les coups redoublés de l'airain qui tonnait.
La langue de David dirait l'effet magique
Qu'en ce jour désastreux cette sainte relique
Produisit à l'instant sur tous les assiégés.
Du poids de leurs travaux les voilà soulagés.
Ils chargent promptement leurs fortes couleuvrines,
Et sèment autour d'eux la mort et les ruines.
Là les femmes surtout, héroïsme pieux !
Déployaient à l'envi leur instinct merveilleux.
Elles, qui pour aimer furent mises sur terre,
Maintenant sont en proie aux horreurs de la guerre.
On les voyait verser sur les fiers assaillants
De la graisse fondue, et des ruisseaux bouillants
D'huile et d'eau, qui, brûlant les mains et les visages,
Faisaient de tous côtés les plus affreux ravages,
Ou rouler du sommet des tours et des clochers,
Sur les rangs ennemis, des débris de rochers.

Mais quelle est cette jeune et brillante héroïne

Qui semble commander, influence divine !

A l'essaim généreux de femmes de Beauvais ?

Ciel ! quel noble courroux éclate dans ses traits !

Son œil comme un éclair enflamme sa paupière .

Et ses bras vigoureux luttent dans la carrière.

Modernes feux grégois, flots bouillants, plomb fondu,

Ruissellent de sa main sur l'ennemi rendu.

Ainsi dans les combats s'illustraient sur la terre

Ces vaillants demi-dieux que nous dépeint Homère.

De l'auguste amazone admirons à jamais

La vertu martiale et les mâles attraits.

La voilà sur la brèche : un Bourguignon farouche

S'élance furieux comme un tigre qu'on touche ;

Il veut sur les remparts arborer son drapeau ,

Ou trouver à leur pied un glorieux tombeau.

L'héroïne à son tour, en écumant de rage,

Arrache l'étendard dont la couleur l'outrage,

Renverse le soldat au pied du mur fumant ,

Et rayonne d'orgueil et de ravissement !

Aussitôt dans Beauvais éclate l'allégresse.

Autour de l'amazone on accourt, on se presse,

On lui serre les mains, on lui jette des fleurs,

On croit déjà toucher au terme des malheurs,

Et ce peuple tantôt plongé dans les alarmes,

Au nom des Bourguignons, à l'aspect de leurs armes,

Volant avec bonheur maintenant sur ses pas,

Semble un chœur de héros qui chante les combats.

Alors, comme en ces temps où d'augustes prophètes

Mêlaient leur voix sacrée à la pompe des fêtes,

Où Jéovah lui-même, au milieu des éclairs,

Dictait d'austères lois à des hommes pervers,

Le peuple, encore ému du trait de l'héroïne,

Entendît découler d'une bouche divine

Ces accents inspirés, ces mots pleins de douceur

Qui charmèrent l'esprit et touchèrent le cœur.

« Illustre Jeanne Hachette, ô femme courageuse

» Qui viens de conjurer la nuée orageuse

« Qui menaçait la France, objet de ton amour,

« Réjouis-toi ; Beauvais te réserve un beau jour.

« Hommage glorieux et bien digne de toi,

« Ton nom doit refleurir à l'ombre d'un grand roi,

« Les arts t'embelliront; les traits de ton visage

« Retracés par leurs soins brilleront d'âge en âge.

« La sœur de Jeanne d'Arc, l'émule des héros

« Doit animer le marbre, exercer les pinceaux,

« Et, parmi les accords inspirés aux poètes,

« Rayonner dans les lieux témoins de ses conquêtes.

« Dans cette France assise aux bords de l'Océan,

« Pour dominer sur terre et sur mer en soudan,

« On a vu mille fois des vierges et des femmes,

« Verser avec bonheur un baume sur les âmes;

« Et l'on verra toujours leurs touchantes vertus

« Suffire à ranimer des cœurs presque abattus

« Par les maux que suscite une brigue importune,

« Ou les coups foudroyants que frappe la fortune.

« Ta gloire à toi sera, noble fille d'un Franc,

« D'avoir brisé l'orgueil du plus fier conquérant. »

Alors, levant les yeux vers la voûte azurée,

Chacun cherche à l'envi d'où part la voix sacrée,

Et croit apercevoir deux terribles géants

Se mesurer dans l'air sur les ailes des vents.

L'un franchissait d'un bond la céleste carrière,

Et ses yeux projetaient des gerbes de lumière.

De son glaive de feu qui brillait à sa main

Il pouvait à son gré frapper le genre humain;

Mais un air de bonté régnant sur son visage

D'une éternelle paix semblait être le gage.

Il rappelait ainsi le Dieu compatissant

Qui ne frappe ici-bas l'homme qu'en gémissant.

C'était l'ange puissant, l'arbitre des batailles
Qui d'un souffle renverse ou défend les murailles.
L'autre à l'œil terne et sombre, à la couleur de fer,
Ressemblait au fantôme évoqué de l'enfer.
Sur sa tête ondoyaient, au lieu de chevelure,
De verdâtres serpents, l'horreur de la nature;
De sa bouche entr'ouverte, ainsi que les volcans,
S'exhalait la vapeur qui dépeuple les camps ;
Il pouvait de ses mains qu'armait une massue
A travers des géants se frayer une issue.
Ce spectre affreux était le démon des combats.
Pourtant à son aspect Beauvais ne tremble pas :
La châsse d'Angadresme et la céleste image
Qui plane sur les murs inspire du courage.
Tout Français veut combattre en ce jour glorieux
Le superbe ennemi que réprouvent les cieux.

Enfin Bourgogne arrive, intrépide et farouche,
Son épée à la main et l'injure à la bouche.
La renommée avait publié sur ses pas
Que Beauvais consterné ne résisterait pas;
Que déjà les faubourgs cédant à la vaillance
Des Bourguignons avaient perdu toute espérance.
Mais comme il ne voit pas flotter sur les remparts,

7

Qu'ont battus ses canons, ses brillants étendards,
Son front se teint de sang, la fureur le transporte,
Et de ses bras nerveux il veut briser la porte.
On la voyait déjà s'entr'ouvrir sous ses coups;
Assiégés, assiégeants, genoux contre genoux,
Mains contre mains, luttaient dans un transport sublime,
Et sous leurs pieds rivaux se creusaient un abîme.
De Bourgogne irrité les nombreux bataillons,
Ainsi que des épis, l'ornement des sillons,
Se courbent à l'envi, se croisent dans les plaines,
Quand l'autan fait sentir ses brûlantes haleines,
S'agitaient vivement, se pressaient de concert
Pour franchir les premiers le portail entr'ouvert.
Dans les murs, pénétraient leurs lances éclatantes,
Quand du haut d'un créneau des fascines ardentes
Tombant avec fracas firent tout reculer.
Le démon des combats commençait à hurler,
Voyant avec dépit la formidable armée
Lutter en vain au seuil de la porte enflammée;
Et Bourgogne attachant ses regards de vautour
Sur l'horrible fournaise y consumait le jour.
Il attendit longtemps, la rougeur au visage,
Que le portail brûlé lui laissât un passage;
Mais Beauvais, s'élevant au niveau du danger,

Conjurait la fortune et savait la changer.

On fait arme de tout : la maison la plus proche

Convertie en débris va retarder l'approche

Des Bourguignons. L'ardeur des habitants s'accroît.

De moment en moment s'écroule un nouveau toit,

Pour nourrir le foyer qui protégeait la ville.

Le soleil se plongeant dans la mer immobile

Refusait d'éclairer ce combat désastreux ;

Mais les bras échangeaient encor des coups affreux,

Car l'assaillant conserve un *rayon* d'espérance,

Et l'assiégé savait ce qu'on doit à la France

A travers un péril sans cesse renaissant.

On entend tout-à-coup un bruit retentissant

De nombreux cavaliers arrivant dans la ville.

C'était la garnison de Noyon la tranquille,

Qui venait recueillir une riche moisson

De lauriers, à côté de La Roche-Tesson.

Tout couverts de poussière, épuisés de fatigue,

Ces braves néanmoins vont cimenter la digue

Opposée avec art aux flots tumultueux

Des Bourguignons. Combattre est un besoin pour eux.

Sans prendre du repos, leur prudente cohorte

Entretient bravement le feu devant la porte ;

Et, derrière elle, on voit d'intrépides maçons

Construire un mur avec des débris de maisons.

Lorsqu'enfin le soleil, ce foyer de lumière,
Eut doré l'Orient de sa clarté première,
Et que le grand Bourgogne aperçut les anneaux
Que formaient ces guerriers à l'entour des créneaux,
Sa colère éclata comme un coup de tonnerre.
« Je jure par le ciel et l'enfer et la terre,
« S'écria-t-il, soudain, l'œil brillant de fureur,
« De répandre en ces murs l'épouvante et l'horreur.
« Par un nouvel exemple apprenons à la France
« Combien sera pesant le poids de ma vengeance ! »
Agitant aussitôt ses horribles serpents,
Et remplissant les airs de souffles dévorants,
Le démon des combats sur la nature entière
Étend un voile épais qui cache la lumière.
Le coursier indomptable en baisse de terreur
La tête, et le guerrier connaît aussi la peur.
Ainsi, quand le soleil, dans sa course inégale,
Offre aux yeux étonnés une éclipse totale,
La terre en deuil présente un aspect saisissant,
Et tout semble exhaler une vapeur de sang.
« Antoine, dit le duc, d'une voix animée,
« Fais approcher des murs tous les corps de l'armée;

« Place dans les faubourgs les plus frais bataillons ;

« Qu'ils reçoivent des traits et des munitions.

« Au belliqueux appel de mon artillerie

« Que mes braves soldats partagent ma furie. »

Dans Beauvais cependant pénétraient des secours

Qui de tous ces projets devaient rompre le cours.

On y conçoit déjà de grandes espérances,

En recevant Rouault escorté de cent lances,

De Torcy, des Normands guidant le bataillon,

Le prévôt de Paris et Gaston de Lion.

Le bailli de Senlis, le vaillant capitaine

Sallazar, les suivaient, bondissant dans la plaine

Avec cent vingt guerriers aux panaches divers.

A l'aspect des renforts de poussière couverts,

Parmi les assiégés éclate l'allégresse.

On crie, on applaudit, on s'embrasse, et l'on dresse

Sur la place publique, et le long des maisons,

Des tables où ces preux, en essuyant leurs fronts,

S'empressent d'apaiser une faim dévorante,

Et couronnent gaîment leur coupe transparente.

Donner un simple assaut pour prendre la cité,

Était d'abord le plan du prince redouté ;

Forcé de l'assiéger, il va dans sa furie

Commander feu partout à son artillerie.

Jamais la France où brillé un foyer de vertus
Ne vit ses vieux remparts si rudement battus.
Personne n'osait plus monter sur la muraille
Où nuit et jour tombait une affreuse mitraille.
On admirait pourtant le maréchal Rouault
Se disposant toujours à soutenir l'assaut,
Partout où l'ennemi voudrait tenter fortune,
Et La Roche-Tesson, dans la terreur commune,
Conservant néanmoins le poste dangereux
Où son courage avait entretenu des feux.
Dans la ville éclataient d'horribles incendies
Qu'allumaient en tous lieux de funestes génies,
Et les milliers d'obus lancés par l'assiégeant.
Du palais de l'évêque, ô spectacle affligeant !
Où les blessés étaient pansés par la vieillesse,
Partent subitement de grands cris de détresse.
Les flammes en fureur sous les vastes arceaux
De cadavres brûlés faisaient d'affreux monceaux ,
Et l'on voyait sortir de l'ardente fournaise
Des spectres calcinés ou noircis par la braise.
A cet aspect hideux le démon des combats
Palpitait d'allégresse, et murmurait tout bas
Ces ténébreux discours qui déciment les villes ,
Et répandent l'effroi chez les peuples tranquilles.

Tout brûlait à son gré, quand au sein du palais
Apparut Angadresme. En revoyant ses traits,
Le vieillard du succès croit voir de nouveaux gages,
Et va sur les remparts exciter les courages.
Bientôt les feux qu'avait nourris la trahison
Cessèrent d'occuper la brave garnison ;
Et Beauvais animé de l'ardeur la plus vive
Semble sur tous les points reprendre l'offensive.
L'ange compatissant de la guerre à son tour
Répand sur la cité tout l'éclat d'un beau jour,
Et plane dans les airs, l'œil rayonnant de joie,
Comme un aigle vainqueur qui dédaigne sa proie.
Après avoir battu, pendant sept jours entiers,
Ces murs que défendaient déjà mille guerriers,
Et fait avec bonheur plus d'une brèche immense,
Bourgogne veut des siens ranimer l'espérance.
Il réunit les chefs, et leur dit : « Mes amis,
« A cette heure demain Beauvais sera soumis.
« Nous donnerons l'assaut au lever de l'aurore :
« Qui pourrait donc le soir nous résister encore ?
Tous les chefs consternés à ce discours hautain,
Songent, en frémissant, au lendemain matin ;
Car ils n'ignorent pas que la ville assiégée
Par de puissants renforts est déjà protégée :

Mais qui fait réfléchir tout près de l'action
Un prince qui ne voit que son ambition,
Et qui ne peut calmer cette soif dévorante
De triompher de tout? Dans sa fougue enivrante
Bourgogne ordonne aux siens déjà presque lassés
D'aller chercher du bois pour combler les fossés.
Mais Antoine dont l'âme exempte de tout vice
Rappela maintes fois la prudence d'Ulysse,
Lui répondit alors en plissant son beau front,
Bien que son noble cœur pressentit un affront :
« Prince , à quoi serviraient le bois et les fascines ?
« Pourquoi chercherait-on des pierres et des mines ?
« A monter à l'assaut vos braves empressés
« Suffiront à combler de leurs corps les fossés. »
Toujours plein des pensers que l'orgueil nous inspire ,
Le duc paya l'avis d'un dédaigneux sourire.
Il rentra dans sa tente, après avoir fini
De parler au conseil qu'il avait réuni.
Sans quitter son manteau , sans déposer ses armes,
Afin d'être toujours prêt aux moindres alarmes,
Là, sur son lit de camp, il se jette entouré
Du cortége nombreux dont il est révéré.
« Vous allez tous, dit-il , répondre à ma demande :
« Pensez-vous qu'à l'assaut dans Beauvais on s'attende?

« Oui, seigneur, répondit l'essaim des serviteurs. »

— Tous vos pressentiments sont tellement trompeurs,

« Répartit le héros dont l'accent les étonne,

« Que vos yeux, dès demain, n'y verront plus personne.

Les serviteurs émus sortent tous à ces mots,

Pour qu'il puisse goûter les douceurs du repos.

Le voilà sur son lit, tout armé, qui sommeille

Comme doit sommeiller une tête pareille.

De sombres visions agitent ses esprits

Que la Fatalité bientôt aura flétris.

Ce prince ambitieux, dans son malheur immense,

Ne reconnaîtra plus l'œil de la providence :

Il se croira toujours un esclave enchaîné,

Et sous un bras d'airain à jamais incliné.

Promenant ses regards sur le torrent des âges,

Il voit passer des flots d'insensés et de sages ;

Il voit des conquérants tout-à-coup abîmés

Dans l'un de ces écueils si largement semés,

Et des ombres de rois qui roulaient dans la fange

Briller subitement de tout l'éclat d'un ange.

Il voit des fils ingrats recueillir un trésor,

Sans réfléchir combien coûta chaque écu d'or,

Et l'aile du génie animé par la gloire

Effleurer en passant le temple de mémoire,

Sans pouvoir pénétrer dans ces murs éclatants
Où sont inscrits les noms qui triomphent du temps.
Il fait entendre alors ce funeste langage
Que se tiennent les cœurs où faiblit le courage :
« Esclavage , pouvoir, malheur, félicité,
« Tout ici-bas dépend de la Fatalité. »

Il achève , et soudain le jour succède à l'ombre ;
Mais son réveil troublé lui rend l'esprit plus sombre.
Ce héros qui toujours le matin des combats
Se levait le premier de l'armée, est à bas
De sa couche guerrière avant ses capitaines.
Tout-à-coup les clairons font retentir les plaines ,
Et , quand brilla le char qui mesure les jours,
Le signal de l'assaut fit trembler les faubourgs.
De Bourgogne aussitôt les vaillantes cohortes
Fondent comme un torrent sur l'airain des deux portes,
Tandis que les canons disposés avec art
Par d'énormes boulets ébranlent le rempart.
L'assiégé frémissant luttait avec courage ,
Comme le roi des airs à travers un orage :
Il tirait si serré sur l'ennemi des Francs,
Qu'on voyait en tous lieux se dégarnir les rangs.
Jeanne Hachette , toujours à la tête des femmes ,

Par son drapeau conquis électrisait leurs âmes,
Elle armait constamment leurs généreuses mains
De ces feux qu'inventa la fureur des humains,
Et sur les assaillants ordonnait de répandre
De la chaux , des charbons , des nuages de cendre.

Anges , contemplez-vous ces beaux fronts et ces yeux
Que le mot de patrie a rendu furieux ?
On ramassait partout la flèche et l'arbalète
Que l'ennemi lançait en ce jour de tempête ,
Pour les lui renvoyer par les archers français.
Beauvais crut voir encore un gage de succès
Dans la flèche qui vint à la châsse brûlante
D'Angadresme priant se suspendre tremblante.
Aussi ce fut en vain qu'au plus haut des remparts
Le Bourguignon osa planter trois étendards.
Les femmes en fureur, s'avançant les premières,
Des murs déjà croulants arrachent les bannières.
On admira longtemps leur élan généreux ,
Braver tous les efforts des assaillants poudreux.
Quinze cents Bourguignons jonchaient déjà les plaines
De leurs membres épars, quand des rives lointaines
De la Loire et du Rhône , arrivèrent encor
De nombreux combattants, volant, au son du cor,

Vers les murs de Beauvais, boulevard de la France.
Alors le duc altier perdant toute espérance
De s'emparer jamais de cette aire de preux,
Ordonne de cesser un combat désastreux
Pour les siens qui tombaient ensanglantés par mille,
Ainsi que les épis tombent sous la faucille.
Mais rien du prince altier n'égalait le courroux.
Il voyait cette proie échapper à ses coups ;
Il voyait qu'à jamais dans ce siége terrible
Sa garde avait perdu son surnom d'invincible.
Se déclarer vaincu répugne à son orgueil,
Et tout paraît plonger son âme dans le deuil.
Après huit jours entiers d'un repos insipide,
A céder la victoire enfin il se décide.
Il va chez les Normands répandre la terreur,
Et sur d'autres cités assouvir sa fureur :
Ainsi quand un lion respirant la conquête,
Après de vains efforts essuie une défaite,
Il ne peut cependant renoncer aux combats,
Et vers d'autres rivaux il porte encor ses pas.

FIN DE LA PREMIÈRE PARTIE.

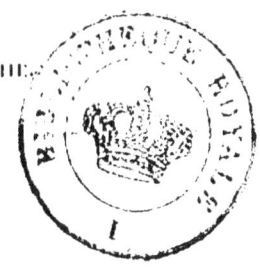

www.ingramcontent.com/pod-product-compliance
Lightning Source LLC
Chambersburg PA
CBHW060835250626
47162CB00005B/2078